中公文庫

新編
「終戦日記」を読む

野坂昭如

中央公論新社

新編「終戦日記」を読む　目次

Ⅰ「終戦日記」を読む　9

II 「終戦」を書く、語る 165

焼跡闇市派として

新編「終戦日記」を読む

I

「終戦日記」を読む

引用については原則として、刊行されている出版物に拠った（各章末の参考文献を参照）。引用に際して、旧字は新字に、旧かなは新かなに改めた。また、適宜ルビの加除を施した。

まえがき

空襲で焼け出された六月五日と、玉音放送の八月十五日、今では、自分でもことさらと自覚しつつ、空をみる。昭和二十年六月五日午前七時、神戸市上空高曇《たかぐも》り、同年八月十五日正午、日本列島は、晴。この癖は、昭和三十二年あたりからで、それまで、少し大袈裟《おおげさ》にいうと、そのゆとりがなかった。また、同じ頃から、戦時中四十代だった方に、いつ頃から日本は負けると感じなさったか、無躾《ぶしつ》けを承知で、誰彼なしに伺い、また、戦争に至るまで、戦中、戦後、いろいろな立場で、書いた本を乱読、これは今も続いている。ことさら特別なぼくの感慨でもないが、つくづく、日本人は戦争を知らなかったと思う。四面《しめん》海もて囲まれているお国柄と、国境を接しているヨーロッパじゃまるで違う。知らなかったことは、また、最前線で、銃を手に、敵と対峙《たいじ》した兵士は確かに戦った。内地《ないち》じゃ、戦争は、空襲の始まるまでよそごと。もちろん、肉親を戦場で失った方々にとって、戦争は悲しくも、切実なことだ、ただ、小説で読むだけだが、遺族の受けとめ方が、やはり欧米と違う。どう違うか明確にし得ないが、一言でいってしまうと、日本人は戦争を天災の類《たぐ》いとみなしている。聞きとりにつづいて、これははっきりしているが、昭和四十年五月、京都の古書市で、男山八幡宮《おとこやまはちまんぐう》神官、京都撞球《どうきゅう》場支配人の日記を見つけ、求めた。後者は、ぼくが購入したものより前の部分が、庶民の記録として、刊行されている。以後十年間、眼につく限り買い求め、雑誌にこれを公表。それこそふつうの方たちの、長いものは四十一年に及ぶ日記が集まり、時代の第一級資料。主に、聞きとりと同じ目的だった。あの時代、大人は何を考え、戦中、戦後どうやって生きて来たのか。ほとんどといっていいが、戦争について、切実な文字はない。著名人の、活字となった日記は、さすがに触れている、しかし、国の行く末を憂《うれ》うのと、子供の受験の心配が、同じ重み、文章すべてにいえるが、行間から伝わるものに配慮しないと、単なる資料。本書を編するに当り、自分なりに、あの時代を伝えるため、ぼくの経験、客観的事実で、かなり補った。「読む」のではなく、ぼくにとって、もう一度、あの時代を生きる、少し辛《つら》い作業だった。

日本人は、戦争を伝えていない。「しようがなかった」で済ませようとしている、それも良い、しかし体験者は、もはや七十歳以上だが、後世に語りつぐべきだ。まさに死なんとするや、その声は、片寄《かたよ》っていようと、「良し」と考える。

作中、森脇瑤子《もりわきようこ》さんを別に、敬称は略した。瑤子さんだけは、どうしても「さん」付けになってしまう。判《わか》って戴《いただ》きたい。

第一章　八月五日、広島

【八月五日（日）晴れ】

学　校

家庭修練日。

家　庭

起床　六時　就床　二十一時　学習時間　一時間三十分　手伝い　食事の支度

今日は、家庭修練日である。

昨日、叔父が来たので、家がたいへんにぎやかであった。「いつも、こんなだったらいいなあ」と思う。明日からは、家屋疎開の整理だ。一生懸命がんばろうと思う。

昭和二十年、八月五日。広島県立第一高等女学校一年、森脇瑤子さんの日記最終章。高等女学校一年は、今の中学一年に当る。その一学期を終え、本来なら夏休みに入ったところ。

翌六日、家屋疎開の整理作業中、現在、「核弾頭」と、あっさり表わされ、ミサイルとセットになって記号化され、そのもたらす惨禍《さんか》について、想像力の働かない原子爆弾、アメリカ側のニックネームでは「リトルボーイ」によって殺された。作業に従事していた、数えでいえば十四歳の少女二百数十名。八割が即死、残りの生徒も七日朝までに亡くなった。

広島、長崎市において、原子爆弾により殺された方たちの数は、まだ確定していない。昭和二十年末までに広島で約十四万人、長崎で約七万人が熱線、放射線障害で死亡したといわれ、今なお二十九万人以上が、後遺症などで苦しむ。瑤子さんと同じように、五日で、日記を断たしめられた犠牲者は数多くいたろう。ぼくは、偶然、目にしたこの日記の、最後の文字、「一生懸命がんばろうと思う」に、胸がつまった。

日本人と日記

ぼくが、文章を書いて世渡りをするからじゃなくて、人間が、自分の気持を文字にする場合、日記だろうと、手紙だろうと、自《おのずか》らをそのまま写すことは、まずできない。

文字という、伝達手法の、いかんともしがたい特性。本来なら人の眼に触れるはずのない日記、いざとなったら焼却する覚悟の場合さえある日記も例外ではない。嘘いつわりのない、自分の気持を、動機は何であれ、書いたつもりでも、嘘とまでいわなくても、ゆらぎが混《まじ》る。書いている自分は、同時に読者でもある。無意識のうちに、ゆがむ。

死後、読まれることを、半ば意識というより、期待して書く、文章家の日記は、それなりに、嘘じゃなくても、おもしろくしようと、つい工夫、こしらえごとを筆として、これは習性のようなもの。しかし、こしらえごとにしろ、ゆらぎが混るにしろ「文字」だけでは伝えられない真実は浮《うか》び上《あが》る。個人の、あるがままの事実は文字となし得なくても、「真」は読む者に伝わる。

日本人は、他の地域に住む人たちより、日記をつけることが好きらしい。日本軍兵士は、よく戦場で克明な日々を記し、アメリカ軍はこれを、貴重な情報として利用した。何故《なぜ》書くのか、その理由については触れない。とにかく、小学校へ入り、少し読み書きが身につくと、昭和五年生れのぼくは、十歳くらいから十四歳まで、表向き、つまり、教師に読んでもらう日記を半ば義務づけられた。当然、さも良い子の如《ごと》く、当時のことだから、大日本帝国に生を享《う》けた少国民としての覚悟、ふさわしい行動を記した。同時に、他人の日記、手紙を眼にしても、読んではいけないという躾《しつ》けも受けた。

生来、だらしのないせいだが、表向きじゃない、私家版の日記も、つけるべく何度か試み三日坊主。そして、自分だけのものなのに、つい飾ろうとすることに気がついた、これでちょっと自己嫌悪に落ち入った記憶がある。俺は、とんでもない嘘つきだと、少年時代、気づいてしまった。

文芸のジャンルとしての日記は、いろいろおもしろい、書き手の表向きを、心得るだけ、あれこれ深読みして、楽しめる。しかし、世間一般の日記は、本質的にはつまらないはずだし、また盗み読みだから、後味もよくない。昭和四十年あたりから、ぼくは個人の古い日記を集め始め、戦争をはさんだ前後の、世の中の移り具合い、暮しぶり、具体的には何を食べて、その値段はいくら位だったか、確めたかった。書いた方の家庭事情、心境をことさら窺《うかが》う勇気、いや気力はない、まこと人それぞれ、少し続けて読むと、行間から書いた方の胸のうちが伝わるように思え、げんなりする。十年ほどで止《や》めた。また文字にすれば、やはり飾ってしまうと、確認があった。

ふだんでもそうなのだから、戦時下という特異な日常にあって、日記という形で残された文章は、さらに本来の自分の気持と、かけ離れることが多い。特に戦争の犠牲となった方のそれを、生き残った者が読み、さまざまに受け取るのは自由だが、やはり当時の事情を考え、情緒的になり勝ちなのも当然、思い入れも強くなる。片言隻句《へんげんせっく》に、つい考えこむ。

森脇瑤子さん、女学校一年生の日記は、ごくふつう、また素直、別の言葉でいえば、ありきたり、誰かに見せるための、特別な配慮はうかがえない。しかし、明日の勤労奉仕について、「一生懸命がんばろうと思う」の、常套句そのものの一行に、ぼくはうたれた。家屋疎開は、重要施設を、焼夷弾による周辺からの延焼を防ぐための、江戸時代から伝わる、破壊消防作業。応急の、ムチャクチャな火除《ひよ》け即成、ぼくも昭和十九年秋から、従事したが、男だったから、跡片付けではなく、直接、家の大黒柱に綱をかけ、引き倒す力仕事、半ば遊び。しかしそれまで、人の住んでいた建物、生活の断片が色濃く染みついている家を、力まかせに潰してしまう作業は、豪快に違いなかったが、少年の心を荒《すさ》ませた。瑤子さんたちの仕事は、重量物の運び去られた後、瓦や木《こ》っ端《ば》を片付けること、そのままでは、見る者の心萎《な》えさせしめよう疎開地跡は、整然と地ならしされ、作物が植えられ、また、対空砲火の拠点になった。

焼野原の中で

昭和二十年八月五日、日本の主だった都市はほとんど焼野原《やけのはら》と化していた。県庁所在地で無傷だったのは、京都奈良金沢新潟長崎広島、焼け残った地域の比較的大きかったのが、東京、大阪、北九州。すでに沖縄は失われ、先き立つ硫黄島《いおうとう》玉砕後、B29に加えて、近海を遊弋《ゆうよく》するアメリカ空母から発進の小型機も加わって、本土は連日連夜、空襲を受けていた。残る道は本土決戦、一億玉砕。今更、家屋疎開してもはじまらない。大人たちは、この頃、何を考えていたのか。

小説家高見順《たかみじゅん》に、五日の記述はなく、前日の記は、「爆撃予告の敵のビラに驚くな」という当局の指示について。

小説家大佛《おさらぎ》次郎《じろう》の五日、終りの行、「人間は兎《と》に角《かく》生き続けて行くのである。無惨にぷつと切られるまで」。

永井荷風《ながいかふう》は、六日、人から借りたフランス本を読んで過ごしている。彼は、東京でその住《すま》い偏奇館《へんきかん》を焼け出され、岡山へ逃げていた。

フランス文学者渡辺一夫《わたなべかずお》の、八月二日の日記。「絶体絶命！　窮地に追いつめられ、なすところを知らず」。

話芸の達人、練達の文章家だった徳川夢声《とくがわむせい》の五日。慰問旅行へ出かけていた。人心の荒廃を嘆き、終りに、「反省する人間、自責の念強き人間などは、滔々《とうとう》として劣敗者となるであろう」。

すべて今でいう知識、文化人、日本のこれから、まして「敗戦」については、文字としていない、敗戦は、即《すなわ》ち日本民族抹殺の事態と、明らかに記していなくても、諦念はうかがえる、はっきりいえば思考停止。アメリカ軍が上陸するとなれば、九州か、じかに日本の心臓部東京を目指し、千葉県の九十九里浜。軍事にうとい文人、芸人でも見当はつく、沖縄戦の実態、つまり、この島においてまみえた、日米両軍の、戦いではなく、米軍の一方的虐殺に近いとの噂は伝わっていた。なすすべなく洞窟にひそむ日本軍を、火焔《かえん》放射器で焼き尽《つ》すと、七月、ぼくは耳にしている。民間人がどうなったかは判らない。大人たち、本土決戦について何も考えなかったのだろうか。ぼくの読んだ日記で、これに触れたものはない。

ぼく自身の八月五日はどうだったか。六月五日、神戸市で空襲に遭い、一家崩壊。福井県春江町《はるえちょう》、周辺は今でいうコシヒカリを産み出す米どころ、戦争までは機屋《はたや》の町。前年、いっさいの紡織機《ぼうしょっき》と金属供出、ガランとした木造の工場が駅からの一筋道の両側に、ポツリポツリ並ぶ、静かな町へ、難民として流れついていた。八月一日朝十時のことで、北陸本線、福井駅から二つ目。福井市は直前、空襲でほぼ全滅。この駅を降り、すぐ正面、道路から少しひっこんだ場所にあった郵便局へ足踏み入れてから、少くともこの月いっぱい過ごした春江での日々は、明け暮れ克明によみがえらせ得るような、もとより錯覚だが、ある。郵便局に親の知り合いがいて、これを頼った。知人の、ぼくの風態を眼にした時の驚愕の表情を憶《おぼ》えている。ぼくの身なりは、焼跡でこそ、当然でも静かなこの町の人たちに、乞食そのものだった。

八月五日は晴だった。痩せ衰えた妹と、身を寄せた元工場の裏の、無住破《や》れ寺の何もない広間で、せめてもの涼を求めていた。何を考えていたか、ひたすら食いもの、というより口に入れる何かばかり。二日、配給所に転入届けを出し、三日分の米を受けとっていた。それまで過ごした兵庫県西宮《にしのみや》市では考えられない米だった。しみじみ来てよかったと感じた。

七月以降の瀬戸内海に面した中都市西宮で、配給される「主食」は、すべて脱脂《だっし》大豆とジャガ芋、フスマの方が多い小麦粉、細かく砕かれた乾麺、炊くと赤飯の如くみえて、粘《ねば》っ気《け》はさらになく、箸で運べない高粱《コウリャン》だった、これすら所定の期日より常におくれ、三週間おくれた場合、欠配《けっぱい》つまり棚上げ。闇で食いものを入手できなければ、断食《だんじき》の事態。軍は本土決戦に備えて米を強制徴収、農家も売らない。空襲後二ケ月を経て、一月は何とか食いつなぎ得たが、以後、当時の何やかや憶えているにしろ、この間の食事内容となると、ごくおおまかに雑炊。何でもぶち込んで煮る。もはや、小麦粉を団子にして作るスイトンはかなわなかった。フスマが多く、かたまらない。味付けの岩塩《がんえん》の塊《かたま》りだけ残っていた。

食いもの事情を日記でみると、防衛召集により、長野県小県郡《ちいさがた》で軍務に服した、小説家中野重治《なかのしげはる》陸軍二等兵、七月四日、「ささげ入リゴマ付キ握リメシ一ケソノ他。（……）タニシ取リ、沢山《たくさん》取レズ」。六日、「山ディリ豆トジャガ芋トヲ食ウ」。十六日、「ニセモノノ如キ白メシ（……）ひる生ブドー若干、トーフ（……）ソノ他。夕メシ豆フカス卵白メシ」。八月五日、「ヒル飯ニ岡本班長ノススメデ（……）胡瓜《きゅうり》ヲ煮ル」。中野は、本土決戦に備え、天皇の玉座を移し申し上げる、松代《まつしろ》大本営設営工事に従事していた。

同じ長野県飯田《いいだ》へ、医専の学生として徴兵を免かれ、教室ごと疎開、いちおう勉強を続ける小説家山田風太郎《やまだふうたろう》の日記、七月三十日、「夜は朝昼の飯量の半ばをかゆにせるもの。（……）三十人でかゆ啜《すす》りつつ餓鬼のごとく一口にこれを食うなり。（……）これで動き勉強しているのが不思議」とある。

芸人として戦時下も売れっ子、軍、工場へ慰問に出かけ、食いものについて恵まれていた徳川夢声の七月三十一日。昼飯、トマト、胡瓜もみ、鮭肉入りトーモロコシコロッケ。八月三日、大豆、煎《い》り豆嚙《か》みつつウイスキー。酒好きの彼は、主食よりもツマミを気にしているが、日記にちらほら見える文字を拾うと、青いトマト、南瓜蔓《かぼちゃつる》の芽、豆粕飯《まめかす》。四日の句に「キリギリスほど配給の胡瓜かな」。

小説家高見順は、七月二十三日、新聞記事を紹介していて、大豆を一粒ずつ潰して米と煮る方法、また、大豆、とうもろこし、野草、すべて粉にして配給せよ、との投書。ぼくは読んでいないが、この頃になると、新聞にも、「都民大衆をこの上ひょろひょろにさせないで欲しい」「味噌も醬油もない日々が半月」といった文字があらわれていた。

少し前なら、厭戦を煽《あお》るとして、掲載はされなかったはず。軍は、苦しいのは一緒と、耐えしのべの意で許したのか、あるいは、死の覚悟を求めたか。

大人がそばにいれば、闇で食いもの入手も可能だった、金はあった。

春江町へ逃げたのも、本土決戦が現実味を帯び、ならば日本海側が安全とみなしたこと、さらに、どうも田舎へ移れば、食える、近くで作っているから、配給も遅れがちにしろ、欠配はないとの心づもり。噂として聞いていた。七月以降、日常のこととなった敵小型機来襲、小説家海野十三《うんのじゅうざ》日記は、空襲について克明に、各地の情勢を書きとめているが、やがて始まった艦砲射撃を含め、日本列島に、連日、B29を含め、二千機がやって来ている。この恐怖からも逃げたかった。

ぼくの見通しに誤りなく、福井市から、北陸本線で駅二つ目の春江町は、まったく別世界。戦争は、なにより紡織機供出という形で、住人に襲いかかったが、以後、若者の出征を除けば、そしてこれは、すでに八年前からごく当り前の運命、ことさら嘆くまでもない。いや、それぞれに悲しみ、呪っていたのだろうが、生命辛々《いのちからがら》、西宮《ごう》から辿《たど》りついたぼくは、とりあえず、女がもんぺをはかず、老人浴衣《ゆかた》がけ、道に壕はなく、なにしろ、つけっ放しのラジオから洩れる音は、遠い地域の警報を伝えるが、町をゆるがすサイレンの音がない、聞けば、敵機の機影を誰も眼にしていない。

配給は所定の日数分ではないが米。配給所の前に、清冽な水の流れる堀があり、ぼくの持参した西宮で使うことのなかった袋にアナが空《あ》いていて、米がこぼれ、堀の水に光りつつ沈んだ。ほんの少量だが、もったいないと思うより、ぼくはつい見とれた、束《つか》の間《ま》のことだが、美しいと感じた。焼跡のアッケラカンとした風景といえば、爽やかな感じも伴うが、六、七月雨が多く、また照れば、いっさい影がない。春江の、低く貧しい家並《やな》みは、やはりやさしい。戦争などどこでやってるのかといわんばかりの、老人、女子供、本来なら、すでに国民義勇兵法施行され、彼等の多くも竹槍刺突《たけやりしとつ》訓練のはず、いっさいうかがえぬ。そもそも防火用具がない。

ポツダム宣言を受けて

七月二十七日、ポツダムに、スターリン、トルーマン、チャーチルが集まり、作成した対日講和の条件、いわゆるポツダム宣言が、日本に届けられた。首相、鈴木貫太郎《すずきかんたろう》は、「黙殺」の言葉で応じ、あくまで神州《しんしゅう》不滅、一億玉砕の信念を国民に強制。日本近海を敵艦隊が自由に遊弋《ゆうよく》、連日の空襲、まぎれもない本土沖縄県を失って、一ヶ月。後で聞けば、戦争指導者たちは、本州に対する敵上陸を九月と想定、このため上陸軍の海上にあるうち、撃滅の、もはや飛行機による体当りで足りず、ベニヤ製ボートに爆薬を搭載《とうさい》突っこませる「震洋《しんよう》」、人間魚雷「回天《かいてん》」、兵を水中に潜らせて人間機雷、これで防げなければ、十五歳から六十歳まで、根こそぎ義勇兵、水際に張りつけて、敵軍の勢いを削《そ》ぐ、いわば楯《たて》、時間稼ぎの陣備え。これを突破されたら、列島中央の山脈にこもり持久戦、確かに一億玉砕。戦車の移動に際し、邪魔な避難民はひき殺していい。本土防衛のため、群馬県へ移って来た関東軍精鋭の戦車小隊長、司馬《しば》遼太郎《りょうたろう》は、この命令で、帝国軍隊の本質を知った。

天皇の側《そば》に侍《じ》し、戦況を大元帥《だいげんすい》陛下に伝える立場の内大臣木戸幸一《きどこういち》、彼は戦争の推移を、多分、日本人としてもっともよく知り、空襲が始まって以後の、日本の絶望的状況を的確につかんでいた。その日記、メモに近いが、七月十二日。天皇が、時局終結についての木戸の意見「につき御尋《おたず》ねあり」と記す。木戸は、陸海軍の強がりに不信の念を抱《いだ》き、民心《みんしん》必ずしも昂揚していないと言上《ごんじょう》。天皇はソ連を通じての和平、これは近衛文麿《このえふみまろ》の考えだが、木戸に伝えている。この勅命を受けての、近衛使節派遣は、いよいよ土壇場となって、戦争指導者たちの、なお縄張り争い、責任逃れ右往左往のうち埋没。ポツダム宣言について木戸はただ、「東郷《とうごう》外相参内《さんだい》、拝謁後面談、（……）対日和平条件の件なり」とのみ。

ポツダム宣言は、七月二十八日、新聞に掲載された。

徳川夢声の日記は、その前日、英国の総選挙の結果、「労働党が圧倒的の勝利を占め、チャーチルが失脚したとある。これで世界五巨頭のルーズベルト、ムッソリニ、ヒットラー、チャーチルと次々に駄目になり、残るはスターリン一人」、夢声が、この期《ご》に及んで、特使に近衛を立て、和平の道模索するとは予想もしなかったろうが、スターリンに警戒しつつも、好感を抱いていた旨、記す。

ここまで追いつめられると、書き手もゆとりが少くなる。にしても、「宣言」とこれに対する首相声明について感想を述べた文字は稀《まれ》、また、それぞれはっきり自覚はしないが、敗戦という事態についての想像力はまったく働かない。なにより食いもの不足に、はっきりうかがえる末期《まつご》のしるしだけは記す、そして多くの日記は、どうでもいいような、日常瑣末事《さまつじ》にこだわる。

山田風太郎は泉鏡花「婦系図《おんなけいず》」を読み、高見順は小堀杏奴《こぼりあんぬ》「晩年の父」、大佛次郎は酔った小林秀雄のモーツァルト論を聴かされ、女学生を率い、疎開先まで授業をつづけるある教師は、入浴の不便さを嘆いている。いずれも、じかに、敵の目標とされていないせいだろう、日記で読む限り、一月先きの命はまず覚束《おぼつか》ない自らの運命を嘆き、怯《おび》え、せめて九死に一生を求める努力はうかがえない、すべて運命とみなし、戦争を天災に近く受けとっている、このような事態をもたらしめた大本《おおもと》は自分以外にある、文字通りその日だけ凌《しの》ぐ、となると、身辺にのみ眼を注ぐ。時は夏の盛り、日本の自然において、秋の実りをもたらしめる、万物猛々《たけだけ》しくも盛んな時期、危殆《きたい》に瀕《ひん》した国家よりも、自然の力強さ、人間の卑小さに目を向け、一種の諦観に至る。誰も神経症にならない、楽天的ですらある、そして誰もが、この期に及んで、死を自分にひきつけては考えていない。

闘っていたのは誰か

戦争指導者たちはどうだったか。大本営「機密戦争日誌」は、ポツダム宣言を国民に知らすべきかどうか思案、二十七日、午後「七時ノ『ニュース』ニテ発表」を決め、二十九日は本土決戦のため、鈴木首相に代え、強硬派の「総理阿南《あなみ》（一本ノコト）」陸相兼任のことなど鳩首《きゆうしゆ》協議。三十日、「ロヲ開ケバ対米必敗ヲ前提トシテ対『ソ』外交ノミニ頼ラント」する風潮に怒り、三十一日改めて米「機動艦隊ニ対スル戦法」、ソ連の兵力東部増送を懸念、日本海側の戦備について協議。まさに机上の空論、緊迫感は、日誌の性格上、表明し難いにしろ、おおまかか、枝葉末節にこだわっている。日誌はしばしば嘘になると述べたが、「機密戦争日誌」の役人風冷ややかな文章は、それだけに、大本営の無能、無為、無策を如実に伝える。

天皇にもっとも近く、最高指導者たちの拝謁も必ずその許可を得て許され、両者のやりとりをすべて聴く立場にあった木戸内大臣の日記。このやりとり、ごく大雑把だったらしい。

七月三十一日。「御召《おめし》により午後一時二十分、御前《ごぜん》に伺候《しこう》す。大要左の如き御話ありたり」以下、天皇の考えを記す。「伊勢と熱田《あつた》の神器は結局自分の身近に御移して御守りするのが一番よいと思う。（……）何時《いつ》御移しするかは人心に与うる影響」も考え慎重さが必要、天皇はこの時、信州松代《まつしろ》に設営中の大本営を考え、「万一の場合には」神器と運命を共にする他ないと決意表明。これについて木戸の特別な感慨は記されていない。これは、天皇が国体と殉ずる、即ち日本民族滅亡を受容の言葉なのだが。以後、八月五日まで、実のある記述はない、五日は、療治を受け、知人の誕生日を祝うのんびりした文字。

ぼくの五日、夕刻は残り少い米で粥《かゆ》を作り、妹に食べさせた。生後一年四ヶ月、寝たきり、言葉は失われていた。汚れきったガーゼの肌着、乳児に戻って襁褓《むつき》を当てていた。春江へ来てから、これに黄色いシミがつくようになった、米のおかげである。この田舎、周囲は米作地帯、農家は米を少くとも一年分貯えている、これと交換に、日中戦争までの、神戸でみられたような、天秤棒に盤台《ばんだい》振り分けて担《かつ》ぎ、魚の売り子が来た。小さな工場では旋盤《せんばん》が金属を削り、朝、四十過ぎを主体とする小隊が、陣地造りに出かけ、女たちは、あっけらかんと世間話に興じ、二日に一度、銭湯が開く。すぐ裏を走る北陸本線の、正規のダイヤグラムは知らないが、夜、闇を赤く染めて、焼煙吐きつつ、走っていた、春江町に、ぼくより以前、焼け出された避難民が、知る限り三世帯いた、いずれも男手が、どこからか食いものを運ぶ。とりあえず食える、となると、空襲と縁遠い土地柄がありがたかった。寺から持ち出した、また以前の紡織工の残していった、主に修養書を読み、ぼくも何も考えず、じっとしていた。当然のことだが、知り合いはいっさい関《かかわ》りを持たぬようつとめる。べつにひがみもしない。周囲すべて水田畦道《あぜみち》の草を時に摘《つ》んだ、食べもしたし、トイレットペーパーの代りにもなる。

広島県立第一高女一年、森脇瑤子さんの日記にもどる。

日記にポツダム宣言も、本土決戦も、各地被災状況についての感想も、一億玉砕の文字もない。二十七日、歌のおけいこと、魚を買い、家へ来た祖母と一緒に食べる。二十八日、空襲のため休校、二十九日、家庭修練日。三十日、授業。三十一日、「被服」授業。八月一日、「『本当に夏だなあ』と、深く深く感じた。今日、護国神社へ参拝した。とてもすがすがしく、気持ちがよく、心がすっきりした」。二日、学校にお くれて「恥ずかしかった」。三日、農園除草、「汗を流して、一心にやった後の気持ちは、本当によかった。(……)少し身体が疲れたような気がするが、(……)お姉様方は、全部、いろいろな方面で、一生懸命に、働いていらっしゃるのだ。(……)明日も農園に行く。一生懸命にやろう」。四日、農園の作業、「昨日と同じように暑かったが、我慢して一生懸命にやった」。五日、「明日からは、家屋疎開の整理だ。一生懸命がんばろうと思う」。

六日、すでにこわされて、影一つない家屋疎開跡地を片づけていた瑤子さんたちの一キロ先き上空で、原爆が炸裂《さくれつ》した。多分、むごい姿に変り果てた瑤子さんは、十キロ離れた学校の理科室に正午近く収容され、夜死んだ。当時でいう国民学校低学年以下は、事態が判らなかったろう。大人たちは、まったくの思考停止。あの年の夏、日本本土で天皇陛下のために、お国のために、「頑張って」いたのは、森脇瑤子さんの世代だけだ。

参考文献
細川浩史・亀井博編『広島第一県女一年六組　森脇瑤子の日記』平和文化、一九九六年
山田風太郎『戦中派不戦日記』講談社文庫、一九八五年
高見順『敗戦日記〈新装版〉』文春文庫、一九九一年
大佛次郎『大佛次郎 敗戦日記』草思社、一九九五年
永井荷風『摘録 断腸亭日乗（下）』岩波文庫、一九八七年
渡辺一夫『渡辺一夫 敗戦日記』串田孫一・二宮敬編、博文館新社、一九九五年
徳川夢声『夢声戦争日記抄　敗戦の記』中公文庫、二〇〇一年

中野重治『敗戦前日記』中央公論社、一九九四年
海野十三『海野十三敗戦日記』橋本哲男編、講談社、一九七一年
木戸幸一『木戸幸一日記　下巻』東京大学出版会、一九六六年
軍事史学会編『大本営陸軍部戦争指導班　機密戦争日誌　下』錦正社、一九九八年

第二章　原爆投下とソ連参戦

昭和二十年八月六日朝、広島県に原子爆弾が投下された。森脇瑤子さんの被爆は、爆心地より一キロ離れた地点。広島市へ入って、六つに分れる太田川《おおたがわ》、中の、市中央部を流れる元安川《もとやすがわ》と本川《ほんかわ》分岐の少し東。

原爆被災体験を、文字として残している方は、爆心地から少くとも二キロ以上離れた地点で、ピカドンに遭っている。五百メートル以内なら、ほぼ生物は即死、一キロ離れていても、地獄の苦しみの果て、六日中にまず亡くなった。

軍港呉《くれ》市は、爆風で屋根瓦がずり落ちた程度だったが、只《ただ》ならぬ状況に、陸軍の中隊が斥候《せっこう》を出し、夕刻帰りついた兵士は、ただ一言、「広島、ありません」と報告。上官になぐられている。

山田風太郎の八月六日。「決して敗けられない。況《いわ》んや降伏をや。降伏するより全部滅亡した方が、慷慨《こうがい》とか理念とかはさておいて、事実として幸福である」。

高見順は、電車で往復四時間、鎌倉から東京へ出て、「空腹で帰って飯を食うと、疲れが出て、チェーホフを読みかけたが、読み通せなかった」。

徳川夢声は、この日、十二時間かけて、新宿駅より甲府、P51の機銃掃射を前行の汽車が受け、混乱のうちに知人宅に泊っている。「畑ニ出デ、胡瓜《きゅうり》、茄子《なす》ヲ摘《つ》ム。(……)オ婆サン吾ガ為ニうどんヲ打チクレル。葡萄酒《ぶどうしゅ》茶碗ニ一杯ズツ大切ニ飲ミ」大いに知人と語り、色々食べている。

ぼくは、近所の女たちが、燃料を拾いに出かけるのを、朝、見送っていた。妹を背負って炎天下の作業は無理。土地や人間には、守るべき秩序がある、避難民は埒外《らちがい》の者。逆手《さかて》にとって、無住の寺の障子、燃料となるガラクタを堂々とかっぱらい煮炊きの用に供した。見よう見まねで、買出しに農家をたずね、皮が青く変色、食べると口のひん曲るジャガ芋を買った、八月に入ってずっと晴天つづき、町中を通る一筋道はただ白く、家並みを外れると、稲が猛々《たけだけ》しく生育、町育ちには、これがやがて実り、米として口に入る実感は抱き難い。

八日の朝刊に、広島市の被害が発表された。

「一、昨八月六日広島市は敵B29少数機の攻撃により相当の被害を生じたり　二、敵は右攻撃に新型爆弾を使用せるものの如きも詳細目下《もっか》調査中なり」

これが大本営発表。政府筋見解は、「敵がこの非人道なる行為を敢《あえ》てする裏には戦争遂行途上の焦躁を見逃すわけにはいかない、かくのごとき非人道なる残忍性を敢てした敵は最早《もはや》再び正義人道を口にするを得ない筈《はず》である」。

三月十日、五月二十四・二十五日の東京空襲で、新聞社も被害を受けたが、前年末からタブロイド版となったにしろ細々と発行していた。春江には届かない。

急速に広がる不安

八日、夜九時、ラジオも、これまでの爆弾と比較にならない威力の新型爆弾について、報じたが、ぼくの近くに受信機はない。だが、今でいう口《くち》コミで、広島の惨状を聞き、ぼくは、なまじ一トン爆弾を身近かにしていただけに、大人のいう、一発で広島市全滅が、信じられなかった。

この口伝手《くちづて》は、汽車による。蒸気機関車は、小型機に襲われれば、手も足も出ないが、その去った後、不死身の如く動き出す。不通の箇所は折返し運転。広島から福山へ逃げのびた被災者が惨状をつげ、聞いた者は、現に、辿りついたものの、つぎつぎ死んで行く広島市民の姿を眼にし、ピカドンの実態を、それなりに思い描き、なにより、たった一発で人口三十一万の都市「広島が失《な》くなった」と、見てきた者がいう。大阪から東海道線で、名古屋、東京へ伝わり、北陸線では福井、そして春江、富山に至る。さっぱり見当はつかないが、これは怖かった。艦砲、爆弾は怖《おそ》ろしい、焼夷弾、機銃掃射なら、かわす自信があった。しかし、一発で広島を消滅せしめる新型爆弾にどう対処すればいいのか。

神戸では翌日、すでに伝わっていた。十七歳の青年の日記。「八日の昼、京都に行っていた父が帰ってきて、父の弟の子で良介の従兄弟《いとこ》にあたる啓一さんが被爆して叔父夫婦が昨夜広島に向かったと話してくれた」。

八日、ソ連参戦、九日、長崎市へ爆弾第二弾投下。

山田風太郎の日記。

○今、夜十二時十分前だ。

昭和二十年八月九日、運命の日ついに日本に来る。夕のラジオは、ソビエトがついに日本に対し交戦状態に入ったことを通告し、その空軍陸軍が満州進入を開始したと伝えた。

ソ連についてはこんな噂が囁《ささ》やかれていた。――ソ連はなお疲労している。まだ手は出さないだろう。第一日本とアメリカをヘトヘトになるまで戦わせるのが彼の目的であろうから。——いや、すでにソ連は日本に対し続々と石油を供給しつつある。B29がしきりに日本海に機雷を投下しているのはそれを妨害するためだ、とか、松岡洋右《まつおかようすけ》がソ連へいって、アメリカとの戦争の仲裁を頼んでいる、とか。——

こんな噂に耳をすませていた輩《やから》は、この発表に愕然《がくぜん》と蒼醒《あおざ》めたことであろう。たしかに日本は打撃された。大きな鈍器に打たれたような感じだ。

海野十三の八月九日の日記。

○「今九日午前零時より北満及《および》朝鮮国境をソ連軍が越境し侵入し来《きた》り、その飛行機は満州及朝鮮に入り分散銃撃を加えた。わが軍は目下《もっか》自衛のため、交戦中なり」とラジオ放送が伝えた。

ああ久しいかな懸案状態の日ソ関係、遂《つい》に此処《ここ》に至る。それと知って、私は五分ばかり頭がふらついた。もうこれ以上の悪事態は起こり得ない。これはいよいよぼやぼやしていられないぞという緊張感がしめつける。

この大国難に最も御苦しみなされているのは、天皇陛下であらせられるだろう。果して負けるか？　負けないか？

わが家族よ！

一家の長として、お前たちの生命を保護するの大任をこれまで長く且《か》ついろいろと苦しみながら遂行して来たが、今やお前たちに対する安全保証の任を抛棄《ほうき》するの已《や》むなきに至った。

おん身らは、死生を超越せねばならなくなったのだ。だが感傷的になるまい。お互いに……。

われら斃《たお》れた後に、日本亡《ほろ》ぶか、興《おこ》るか、その何《いず》れかに決まるであろうが、興れば本懐この上なし、たとえ亡ぶともわが日本民族の紀元二千六百五年の潔《いさ》ぎよき最期は後世誰かが取上げてくれるであろうし、そして、それがまた日本民族の再起復興となり、われら幽界に浮沈せる者を清らかにして安らかな祠《ほこら》に迎えてくれる事になるかもしれないのである。

此《こ》の期《ご》に至って、後世人に嗤《わら》わるるような見ぐるしき最期は遂げまい。

わが祖先の諸霊よ！　われらの上に来《きた》りて、倶《とも》に戦い、共に衛《まも》り給《たま》え。われら一家七名の者に、無限不尽の力を与え給わんことを！

○夕刻七時のニュース放送。「ソ連モロトフ人民委員は昨夜モスクワ駐在の佐藤大使に対し、ソ連は九日より対日戦闘状態に入る旨の伝達方を要請した」由《よし》。事はかくして決したのである。

これに対し、わが大本営は、交戦状態に入りしを伝うるのみにて、寂《せき》として声なしというか、静かなる事林の如しというか……。

とにかく最悪の事態は遂に来たのである。これも運命であろう。二千六百年つづいた大日本帝国の首都東京が、敵を四囲より迎えて、いかに勇戦して果てるか、それを少なくとも途中迄《まで》、われらこの目で見られるのである。

徳川夢声の日記。十日。

南瓜雌花《かぼちゃめばな》二輪交配。梅樹ノ雌花ニ雄花《おばな》ヲ落シタママニナッタガ、止ルカドウカ？

味噌汁ノ実《み》ハ南瓜ノ蔓《つる》ト花トデ作ル。目ザルニ入レタ緑ト黄ノ色彩。

新聞ニソ連対日宣戦ノコトガ出テイルガ、堂々トソ連ノ宣言文ヲ載セテアリ、而《しこう》シテコレヲ不都合トモ無法トモ評シテイナイハ妙々也《なり》。

脚気《かっけ》研究所ヲヤッテイタ本間トイウ老人、虎爾へ何カ伝言ハナイカト訪ネ来ル、老人ノ息子虎爾ト同ジ隊同ジ班ニアルラシ。即チ下着ノ着換エ包ミテ托《たく》ス。
芳子来リテノ話、広島ノ新型爆弾ノ猛威ヲ知ル。

高見順の日記。高見は、広島の新型爆弾が原子爆弾と、七日、すでに知っていたらしい。しかし、ビタミン剤と称する粉末、一キロを二十円で求め、実は糠《ぬか》だったと憤慨。彼は六日以降の、ラジオ、新聞の、報道記事を克明に書きとめ、十日、ソ連参戦を知って、

新聞が来た。「ソ聯《れん》、帝国に宣戦」と毎日、読売とも大きく出ている。ただし毎日は、東宮職《とうぐう》が設けられ、穂積重遠《ほづみしげとお》博士が東宮大夫《だいぶ》兼侍従長に任ぜられたという記事の方がトップに出してある。

ソ聯の宣戦は全く寝耳に水だった。情報通は予感していたかもしれないが、私たちは何も知らない。むしろソ聯が仲裁に出てくれることを秘《ひそ》かに心頼みにしていた。誰もそうだった。新聞記事もソ聯に対して阿諛《あゆ》的とも見られる態度だった。そこへいきなりソ聯の宣戦。新聞にもさらに予示的な記事はなかった。(……)

店へ行くと、久米さんの奥さんと川端さんがいて、

「戦争はもうおしまい――」

という。表を閉じて計算していたところへ、中年の客が入って来て、今日、御前会議があって、休戦の申入れをすることに決定したそうだと、そう言ったというのだ。明日発表があると、ひどく確信的な語調で言ったとか。

あの話し振りでは、まんざらでたらめでもなさそうだと川端さんがいう。

「浴衣《ゆかた》掛けでしたけど、何《な》んだか軍人さんのような人でしたよ」

と久米さんの奥さんはいう。

「休戦、ふーん。戦争はおしまいですか」

店というのは、鎌倉文士が所蔵の本を持ち寄り、始めた貸本屋、川端康成、大佛、林房雄《はやしふさお》たちが店番をした。

中野重治日記、八月九日。「休日、毛布ソノ他大掃除。（……）ソ連ト開戦ノ噂アリ。夕方確実ト分ル」。

長野で、それとは知らず、松代《まつしろ》大本営構築作業に、召集兵として従事していた中野は日記で、広島、長崎にいっさい触れていない、戦争の先き行きについて記さず、慣

れぬ兵士として、班長との間柄、食いものを、意地のように文字となす。

渡辺一夫は八月三日以後十三日まで空白。

永井荷風、八月十日、「広嶋市焼かれたりとて岡山の人々昨今再び戦々兢々《きょうきょう》たり」だけ、ひたすら、食住の安定をねがっている。

ぼくも、十日には、原子爆弾であることを知った。核分裂によって生ずる途方もないエネルギーなどの知識はない、ただ、少年倶楽部の熱血小説で、日本の密偵がこれを隠し持ち、敵方に潜入、弁当箱くらいの大きさで、戦艦を撃沈させる力を有すると、心得ていた。万物は原子によって構成される、なら、何だって爆弾の材料になる。夏の陽差しを浴び、昂然《こうぜん》たる濃い緑の、八《や》つ手《で》の葉、これも原子爆弾になるのかと、ぼんやりながめていた。単機たりと油断するな、まず光線が襲いかかる、それまで、目につき易《やす》いからと厳禁の、白っぽい衣服をまとえ、また陰にかくれることで、被害を免かれる、空気圧が上からのしかかる、横穴壕《よこあなごう》が安全と、春江にも対策の指示があった。アメリカの本土上陸戦、これは太平洋岸側だから、福井へ来たのに、ソ連参戦となっては、沿海州は、すぐ向《むこ》う、本当にゲンナリした。もっとも、周辺の大人たち、いっこう気落ちしてはみえなかったが。十日に、米七日分の配給があった、小石、ゴミの入ってない白米だった、三・五キロ、ぼくは生のまま口に含んだ。

戦争終結に向けた動き

木戸幸一日記。八月七日と九日。

八月七日（火）晴

午前八時半、岡野〔清豪《きよひで》〕・鈴木〔政二〕両氏来邸、面談。

十時二十分、平沼枢相《すうしょう》来室、時局収拾につき懇談、枢相は国体護持につき頻《しきり》に心配し居られたり。

正午、例の通り宮相《きゅうしょう》室にて会食、昨朝、広島市に対し原子爆弾を米国は使用、被害甚大、死傷十三万余との報告を受く。

一時半より二時五分迄、御文庫にて拝謁、時局収拾につき御宸念《ごしんねん》あり、種々御《ご》下問《かもん》ありたり。

八月九日（木）晴

午前九時、大島豊氏、齋藤貢氏来訪、対ソ策等につき話を聞く。

午前九時五十五分より十時迄、御文庫にて拝謁す。ソ聯が我国に対し宣戦し、本日より交戦状態に入れり。就《つい》ては戦局の収拾につき急速に研究決定の要ありと思う故《ゆえ》、首相と充分懇談する様にとの仰《おお》せあり。幸に今朝首相と面会の約あるを以《もっ》て直に協議すべき旨奉答《ほうとう》す。

十時十分、鈴木首相来室。依《よ》って聖旨を伝え、此《こ》の際速《さいすみやか》にポツダム宣言を利用して戦争を終結に導くの必要を力説、尚其際《なおそのさい》、事重大なれば重臣の意見をも徴《ちょう》したき思召《おぼしめし》あり、就ては予め重臣に事態を説明し置かるる様依頼す。首相は十時半より最高戦争会議を開催、態度を決定したしとのことにて辞去せらる。

十時五十五分より十一時四十五分迄、御文庫にて拝謁、鈴木首相と会見の顛末《てんまつ》を言上す。(……)

(午後)十一時二十五分より十一時三十七分迄、拝謁。

十一時五十分より翌二時二十分迄、御文庫附属室にて御前会議開催せられ、聖断により外務大臣案たる皇室、天皇統治大権の確認のみを条件とし、ポツダム宣言受諾の旨決定す。

八月十日。御前会議終了後、木戸と天皇は会談。天皇の要旨を記している。「本土決戦本土決戦と云うけれど、一番大事な九十九里浜の防備も出来て居らず、又決戦師団の武装すら不充分にて、之《これ》が充実は九月中旬以後となると云う。飛行機の増産も思う様には行って居らない。いつも計画と実行とは伴わない。之でどうして戦争に勝つことが出来るか。勿論《もちろん》、忠勇なる軍隊の武装解除や戦争責任者の処罰等、其等《それら》の者は忠誠を尽した人々で、それを思うと実に忍び難いものがある。而《しか》し今日は忍び難きを忍ばねばならぬ時と思う。明治天皇の三国干渉の際の御心持を偲《しの》び奉《たてまつ》り、自分は涙をのんで原案に賛成する」。

大本営「機密戦争日誌」、八月九日、「帝国ハ『ソ』ノ参戦ニ拘《かかわ》ラズ、依然《いぜん》戦争ヲ継続シテ、大東亜戦争ノ目的完遂ニ邁進《まいしん》ス。（……）㈡『ソ』連、若《もし》ハ中立国ヲ利用シテ、好機ニ乗ジ戦争終結ニ努力ス。但《ただ》シ、皇室ヲ中心トスル国体ノ護持及《および》国家ノ独立ヲ維持スルヲ最少［小］限度トシ、当分対『ソ』交渉ヲ継続ス。㈢国民ヲシテ大和民族悠久《ゆうきゅう》ノ大義ニ生クル如ク、重大決意ヲ促スモノトス（詔勅）。㈣速《すみや》カニ国内ニ戒厳ヲ施行ス」。八月十日、「昨夜十一時ヨリ本朝三時ニ亘《わた》リ、御前会議開催セラレ、皇室ノ保全ヲ条件トシテ、ポツダム宣言内容ノ大部ヲ受諾スルコトニ、御聖断アラセラレタリ」。

この御前会議では、戦争を指導する最高責任者の意見が、まっぷたつに分れ、天皇の判断を仰いだ、天皇は、原子爆弾の出現は、国家を滅亡に導く、依って終戦とする旨の、判断を下した。皇室保全の確証があればと、鈴木首相、米内《よない》海相は賛意表明、とにかく、戦争は終結の方向にむかって進みはじめる。保全の確証がなければ、戦争継続、これは全員の意見。

高見順は、八月十三日の新聞論調で、「国体護持」の一線を唯一《ただひと》つの条件として、休戦を申し込んだのではないかと、推測している。徳川夢声は、御前会議の直後、根拠のない噂話めいたことから、無条件降伏止《や》むなしの気分にかたむいている。十日の日記にしるす。

今正《いままさ》に、ソ連と日本の間に電波が急がしく働き、ソ連とアメリカ、イギリスなどの間にも盛んに電波の応酬が行われている最中なのであろう。

――国体はそのままに

これが日本の唯一の条件だそうだが、敵がこれを容《い》れなかったら何《ど》うするか。

その時こそ、全日本が硫黄島になる時であるか?

十日午前七時、日本政府は、ポツダム宣言受諾の旨、中立国スイス、スウェーデンを通して連合国に回答。

十二日、連合国軍は、「降伏の時より、天皇及日本国政府の国家統治の権限は」、連合国軍最高司令官の制限の下におかれるものとする旨通告、この、「制限の下」で、指導部は紛糾する。

木戸日記によると、「一時四十分、平沼枢相来室、（……）国体論より反対の意見を述べらる。（……）六時半、（……）首相、平沼男の意見に賛成したる様子にて、（……）頗《すこぶ》る心配なり」。

大本営「機密戦争日誌」、八月十一日。

一、九日ノ御聖断ハ和平ヲ基礎トスルコト勿論ナルモ、議案ハ単ニポツダム宣言ニ対スル帝国ノ申入レ要領ヲ決定セラレタルニ止《とど》マル。省部内、騒然トシテ何《なん》等《ら》カノ方途ニ依リ、和平ヲ破摧《はさい》セムトスル空気アリ。之ガ為、或《あるい》ハテロニ依リ、平沼、近衛、岡田［啓介］、鈴木、迫水《さこみず》、米内、東郷等ヲ葬ラムトスル者アリ。又陸軍大臣ノ治安維持ノ為ノ兵力使用権ヲ利用シ、実質的クーデターヲ断行セムトスル案アリ。諸氏［処士］横議漸《ようや》ク盛ナリ。

天皇の聖断が下り、諸般の事情鑑《かんが》みれば、ポツダム宣言受諾の他、方策はないだろうに、まだ、特に陸軍は、抗戦の意気をみせていた。この事態における、鈴木、阿《あ》南《なみ》、米内などの胸に秘めた思惑《おもわく》を推量できない。和平論を進めていた鈴木貫太郎が、十日以後あやふやの感じ。そして、強硬論の阿南に、陸軍を押さえる機をうかがう趣き。明晳《めいせき》、洞察力で知られた阿南が、ことさら頑《かたく》なにふるまっている。機をうかがっていたのか。要するに、ことここに至って、まだ、最高指導者たち、自発的には何も決められない。

一般国民は、夢にも「和平」を考えなかった。なにより、次の原爆の目標地はどこか、焼け残っている大阪天王寺《てんのうじ》六丁目一帯、北九州工業地帯、東京丸の内、荻窪《おぎくぼ》一帯、新潟市、金沢市。また硫黄を塗りつけた焼夷カードによる、水田地帯を焼き払う作戦にも怯《おび》えていた。ぼくは、毎日見なれていれば、骨と皮に痩せた妹の、体つきも気にせず、重湯《おもゆ》を含ませつつ、自分は、久しぶりの米の飯をしゃにむに食っていた、原子爆弾で死ぬ、西宮の浜で、本土決戦を思いえがいたより、はるかに切実だった。いろいろ話が伝わり、火傷《やけど》を負うとひどい苦しみらしい、どうせなら爆心地でとねがったが、春江は田舎なのだ。この夜、新潟市では、知事の命令による、市民大疎開がすすめられようとしていた、防空要員を残し、みな、水田地帯へ逃げる。

そして、十日は珍しく穏やかだったが、十一日以後、米小型機が、態度表明をせかせる如く、猛烈に日本列島を銃撃しはじめる。

参考文献

山田風太郎『戦中派不戦日記』講談社文庫、一九八五年
高見順『敗戦日記〈新装版〉』文春文庫、一九九一年
徳川夢声『夢声戦争日記抄　敗戦の記』中公文庫、二〇〇一年
岡本望『嵐の青春　神戸大空襲』文理閣、一九九三年
海野十三『海野十三敗戦日記』橋本哲男編、講談社、一九七一年
中野重治『敗戦前日記』中央公論社、一九九四年
渡辺一夫『渡辺一夫　敗戦日記』串田孫一・二宮敬編、博文館新社、一九九五年
永井荷風『摘録　断腸亭日乗（下）』岩波文庫、一九八七年
木戸幸一『木戸幸一日記　下巻』東京大学出版会、一九六六年
軍事史学会編『大本営陸軍部戦争指導班　機密戦争日誌　下』錦正社、一九九八年

第三章　空襲のさなかで

話は少し遡《さかのぼ》る。昭和二十年三月十日未明、東京の下町をB29の大編隊が襲う。この夜、焼夷弾爆撃で罹災《りさい》した作家永井荷風は、九日付けの日記に次のように記している。

天気快晴。夜半空襲あり。翌暁《よくぎょう》四時わが偏奇館《へんきかん》焼亡す。火は初《はじめ》長垂坂《ながだれざか》中ほどより起り西北の風にあおられ忽《たちまち》市兵衛《いちべえ》町《ちょう》二丁目表通りに延焼す。余《よ》は枕元の窓火光《かこう》を受けてあかるくなり鄰人《りんじん》の叫《さけ》ぶ声のただならぬに驚き日誌及《および》草稿を入れたる手革包《てかばん》を提げて庭に出でたり。谷町《たにまち》辺にも火の手の上るを見る。また遠く北方の空にも火光の反映するあり。火星《ひのこ》は烈風に舞い紛々として庭上に落つ。余は四方を顧望し到底禍《わざわい》を免るること能《あた》わざるべきを思い、早くも立迷う烟《けむり》の中を表通に走出で、（……）霊南坂《れいなんざか》上に出で西班牙《スペイン》公使館側の空地に憩う。下弦の繊月《せんげつ》凄然として愛宕山《あたごやま》の方に昇るを見る。（……）余は風の方向と火の手とを見計り逃ぐべき路《みち》の方角をもやや知ることを得たれば麻布《あざぶ》の地を去るに臨み、二十六年住馴れし偏奇館の焼倒るるさまを心の行くかぎり眺め飽かさむものと、再び田中氏邸の門前に歩み戻りぬ。（……）余は五、六歩横町に進入りしが洋人の家の樫《かし》の木と余が庭の椎《しい》の大木炎々として燃上り黒烟風に渦巻き吹つけ来るに辟易《へきえき》し、近づきて家屋の焼け倒るるを見定ること能わず。唯《ただ》火焔の更に一段烈《はげ》しく空に上るを見たるのみ。これ偏奇館楼上少からぬ蔵書の一時に燃《もゆ》るがためと知られたり。（……）消防夫路傍の防火用水道口を開きしが水切《みずぎれ》にて水出でず、火は表通曲角《まがりかど》まで燃えひろがり人家なきためここにて鎮《しず》まりし時は空既に明く夜は明け放れたり。

後日、焼け落ちた自宅偏奇館を訪ねた荷風は、その一帯に軍が大きな穴を掘るのを目撃。何をしているのかと尋ねると、都民所有地の焼跡は軍が随意に使用することになったとの答え。

これを聞いた荷風は、「軍部の横暴なる今更《いまさら》憤慨するも愚の至りなればそのまま捨置くより外《ほか》に道なし。われらは唯その復讐として日本の国家に対して冷淡無関心なる態度を取ることとなり」と、五月五日の日記に記している。

大都市を焦土にした無差別爆撃

昭和十九年夏、サイパン、グアム、テニアンの三島からなるマリアナ諸島が米軍に制圧され、たちまち、ここに重爆撃機B29の前線基地五ヶ所が完成。十一月下旬、日本本土への偵察飛行始まる。ほどなく爆弾空襲。ノルデン式という超極秘、不時着したら、まず破壊しろと厳命されていた精密な爆撃照準器を用い、高射砲が届かず、小型戦闘機による迎撃が困難な、高度一万メートルの上空から、主要な工業地帯を爆撃する作戦。翌年二月までの三ヶ月間に二十二回行われ、延べ二千機以上のB29が出撃した。この、アメリカ側の通称「サンアントニオ作戦」は、ときに市街地への爆撃も行ったが、主要目的はあくまでも工場の破壊であり、航空機などの生産体制を壊滅することにあった。ノルデン式を用いても、冬の強い季節風のため、主要目標には命中しなかった。

米海軍ニミッツ提督は、間近に迫った沖縄上陸を有利に進めるため、主要都市への空襲強化を要請。爆撃の最高指揮官アーノルド将軍は、それまでの精密爆撃を指揮したハンセルを解任し、ドイツに対する無差別爆撃を指揮したカーチス・E・ルメーを指揮官に指名。ルメーは、日本の迎撃態勢の弱点である夜間に、超低空で進入し、圧倒的な焼夷弾攻撃により、都市そのものを焼き払う戦術を考えた。木と紙と土で出来た民家、火に弱い。都市には多くの非戦闘員が住んでいるが、これについては考慮の外。日本の軍需品の生産は工業地帯だけでなされるのではなく、都市の隅々で行われている、都市こそ一大軍需工場なのだという理論。また日本側が、このことを、公言して、日本の強さの証明としていた。ここに、スペインのゲルニカ、中国の重慶における無差別爆撃の規模をはるかに凌《しの》ぐ、焦土《しょうど》作戦が始まる。そのテストが、二月四日、神戸の港湾施設、そして元町《もとまち》を中心にした市街地焼失作戦。完璧な成果をあげた。

これをふまえ三月十日、日本側の発表一三〇機、アメリカ側の発表三三四機、いずれにしても大編隊のB29による東京の下町地域への無差別爆撃が行われ、一夜にして十万余もの一般市民の命が失われた。以後、名古屋、大阪、神戸、再び名古屋の三月十九日で一区切り、二、三日置きたてつづけの空襲。もし東京に集中していれば、この時期で日本は「頭」を失い壊滅していた。つぎが、五月二十五日、東京山の手を襲った火の雨が、前回と同じく名古屋、大阪と移り、六月五日に神戸。横浜、川崎は、大体、東京とこみで焼かれている。合い間に福岡、鹿児島、宮崎など沖縄に近い九州の都市。六月上旬から今度は、主に地方都市への無差別爆撃が行われる。さらに最後の空襲は、ポツダム宣言受諾後の八月十五日午前中。秋田、小田原、高崎、熊谷《くまがや》、伊《い》勢崎《せさき》の五都市が、計七百機を超すB29の空襲を受けた。宣言受諾に煮えきらぬ態度をとっていた日本の政治家への武力威嚇《いかく》であったといわれる。玉音放送を目前にして、死傷者、罹災者多数を出したことは、あまり知られていない。厳密にいえば、米軍のジュネーブ条約違反。こちらは、十四日、宣言を受諾しているのだから。

日本の敗戦のきっかけとなったのが日米開戦二年目、昭和十七年六月五日のミッドウェイ海戦だったといわれているが、日本人の多くが、ようやく戦争を自《みずか》らのこととして受けとり、これはまた滅亡の兆しと、滅亡を予感とまでいわなくても、虚無的になったのが、この昼夜を問わぬ超低空飛行のB29による主要都市への無差別爆撃だった。しかし、B29、その乗務員に対する憎しみはない。被弾し、落下傘降下の米軍パイロットを嬲《なぶ》り殺しにした例はあるが、B29という無機物はあまりに強く、手も足も出ない。いわばゴジラみたいなもの。ただやられるのみ。

焼かれた者と焼かれない者

当時、ぼくが住んでいたのは、神戸市の東側、国鉄六甲道《ろっこうみち》駅にほど近い、住宅地だった。家族は養父、義母、初誕生日を過ぎたばかりの妹の三人。家のすぐ東に石屋川《いしやがわ》、北は六甲の山がそびえている。十五分で東明《とうみょう》の浜。

神戸が、最初に空襲を受けたのは、昭和十七年四月十八日。ドゥリットルが指揮するノースアメリカンB25単機による、不意打ちの爆撃。二キロ焼夷弾を市の北西部にばらまき、十数人の死傷者を出した。

昭和二十年に入って、港湾施設や明石《あかし》の軍需工場が爆撃されたが、流れ弾が市街地を襲うことはあったにしても、目標が市民になることはなかった。その明石の空襲の際、工場に勤労動員されていた和歌山の女子高生らが、横穴壕に生き埋めになり、「防空壕に生き埋めになってたんを掘り出したら、手前の奴が表に走り出てんて、てっきり生きてるのかと思たら、これが死んでるねん、執念やな」という、恐ろしい噂を耳にした。

神戸の町が本格的な空襲を受けたのは、前述の二月四日。この日、B29約百機が、港湾施設を狙って爆弾を投下、市街地に焼夷弾。民家もかなりの被害を受け、東のはずれの、ぼくの住むあたりからも、その燃えさかる煙の、炎に照らし出される禍々《まがまが》しい形をはっきりと見ることができた。

三月十日に東京、続いて名古屋、大阪が空襲されると、次は神戸に違いない、街は騒然となった。ぼくたちは避難所に指定されている学校に、毛布や炊き出しの道具を運び込んだり、緊急動員の名目で税関近くに集められ、重要物資と書かれた内容のわからぬ木箱を、荷車で運び出した。数日前の、東京や大阪での惨事を聞いてのことか、区役所の脇には多くの棺桶《かんおけ》が積み上げられていた。やがて三月十七日未明、B29約六十機の焼夷弾爆撃を受け、元町、新開地、福原など中心部西側がほぼ全焼。火は一週間たってもくすぶりつづけたが、市の東側には、ほとんど被害がなかった。

当時は、空襲で家が焼かれた人には、炊き出しのおにぎりが出た。白い大きな塩むすび。さらに、焼け出された証しとして戦災者証明書を役所が交付、これを提示すれば、国鉄すべて無料、また、指定配給所で、米、罐詰《かんづめ》、砂糖、毛布などの支給が受けられた。この頃はまだ、こうした緊急物資の備蓄は、どの自治体にもかなり豊富にあった。食糧事情が徐々に悪化しはじめていた当時、養父を頼ってうちを仮りの宿とした知人が、山ほどの食料を持っているのを見て、すっかり焼野原になった元町の風景に息をのんだとは別、奇妙に思ったことが記憶に残っている。焼け肥《ぶとり》がいわれもして、束の間にしろ、罹災者の方が、焼け残った者より、食いものには恵まれていた。一般の配給に、もはや米は稀《まれ》。

五月十一日、十キロほど離れた航空機工場が爆撃を受けた際、それた一トン爆弾が家の近所に落ち、百メートル四方、一つの「丁《ちょう》」をふっ飛ばした。ぼくの家も地震の後のように、屋根瓦が落ち、流し台、トイレの便器がずれた。焼夷弾空襲のすさまじさは、眼で確めている。だが、他人ごとだった。周囲の大人も、アメリカはあたり構わず焼夷弾を落とすことを知りながら、こんな住宅地は空襲の標的になるまいと言う。そのくせ、金魚を飼うと爆弾除けになる、茗荷《みょうが》を食べても同様の効験《こうけん》、他人の家の食事を一口もらうと互いに無事でいられる……いろんなまじないがいわれた。いつか焼かれるとわかっている以上、地方に住む知人を頼って都落ちすればいい。近所の手前それができないのではなく、しない。どこかで自分は大丈夫とみなしている。巨大地震同様大災厄について、人間は想像力が働かない。焼夷弾が落ちてきたら、火が家に燃え移る前に、水で消し止める、それが鉄則になっていた。六甲の山に向う道には、「空襲に際して山に避難する者は敵前逃亡とみなし、これを厳罰に処す」という立て札も立てられていた。空襲の現場を知らないぼくも、ふだんの訓練で習った通り、自力でその火を消し止めるつもりでいた。

焼け出された日

六月五日朝、その日がやってきた。

ぼくは玄関の前で、養父と二人並び、水を半ば張ったバケツを持ち、敵を迎え撃つつもりで立っていた。汚れ仕事に違いない、いちばん粗末な服をまとった。爆音の響きが近づく。空襲は、ぼくの町から始まった。

焼夷弾の落下音は、トタン屋根の上に、大量の砂利《じゃり》をすべらせるような轟音《ごうおん》。音がはっきり形をともない、強烈な圧迫感をもって耳の奥深くにねじ込んでくる。その轟音がとだえると、次にカンカンカンカンという軽やかな音。焼夷弾が屋根瓦にぶつかる音。続いてパンパンパンと、軽い破裂音。油脂《ゆし》焼夷弾は、空中で点火されて、落ちてくる、破裂はしない、この音が不明。昼花火そっくり。

お向いの女性の「焼夷弾落下！」という意外に冷静な声に、ぼくは得たりと飛び出し、隣家の玄関前の階段を駆け上り、土足のまま、さらに二階へ突進する。背後に強烈な炸裂音。次に気づいた時、その家の庭に突《つ》っ伏《ぶ》していた。もはや他家の火を消すゆとりはなく、戻ろうとして、うちの屋根や庭木に点々と火の色。焼夷弾そのものは爆発しない、ただ火が撒《ま》き散らされる、筒から火のついた油脂が流れ出るだけだ。B29は、焼夷弾と同時に、人間殺傷用の小型爆弾を落とし、これが、玄関を直撃したらしい。

この後の記憶がとぎれとぎれ、ただ家の前をうろうろするばかり。養父のいた玄関を目にしたはずだが、何を見たのか覚えていない。家の中は真っ赤な炎。「お父さーん、お母さーん」。二度叫んだが、返事がない。家並みは、黒煙で、夕暮れより暗い。ぼくは山に向って一目散《いちもくさん》に走った。

逃げる途中、二度ほど間近に焼夷弾の落下音を聞いた。あわてて側溝《そっこう》に飛び込み、音が止むのを待ち、また走った。とにかく山にたどり着き、振り返ると、空が真っ赤。真っ赤な空を背景に、金粉のようなものがキラキラと舞い、ゆっくりと落ちてくるのが見えた。美しかった。何人もが眼にしているが正体は不明。そのうち、ほうぼうで山火事が起ったが、ぼくは空襲が終るまでそこを動かず、というよりも腰が抜け、歩けない、ただじっとしていた。三月後、焼跡の道を辿《たど》り、この山の中の壕を探したが、まったく見当がつかなかった。

ホタルの乱舞

空襲は終った。家に戻るため山を下り家並みに入ると、焼け残った地域の人々は、皆家から出て、口々にやや昂《たか》ぶり、「いやあ、どないなるかおもたで、よかったな」「今日のは凄《すご》かった、何機来よってん、わし、すぐそばに見たで、B29」など話しているのに出会った。空襲後、被害を受けなかったあたりのお定まり。三月十七日の夜、ぼくの家の近くも、深夜にかかわらず、隣組全員、道でしゃべり合っていた。家族が離れ離れになったら、ここで待ち合わせることにと決めていた、石屋川堤防の大きな松の木を目指した。そこには、焼け出され、同じように待ち合わせをする人々が集まっていた。だが、家族の姿はない。

家があったあたりを見ると、風呂屋の煙突、ブロック塀、蔵、さらによく見れば、かなりある金庫らしき突起、庭燈籠《にわどうろう》、ほかに何もない。かなたに見える国民学校まで、すべて焼野原。遠くで、これもB29がばら撒いた、時限爆弾の破裂する音。空には、黒い何かがいくつも、紙片のように漂う。トタン板と判る、ぞっとした。当れば、只《ただ》ではすまない、ぼくは焼野原と空を交互にながめ、人混みに近づかなかった。家族は死んだと、妙な確信がある。

「国民学校に集合してください」というメガホンの声で、立ち上る。そこでようやく、おでこを怪我《けが》した妹と、全身大火傷を負い、ミイラの如く包帯でぐるぐる巻きにされた養母に出会った。養父の安否は、ここでもわからずじまい。つまり行方不明、死んだ。

数日後、傷ついた養母を、夙川《しゅくがわ》の河口近くにある病院へ運んだ。病院に入院させたところで、治療のための薬があるわけでもない。煮炊きもできないので、食べ物は毎食、届けなければならない。入院させる利点など何一つなかったが、子供心に入院と決めていた。ぼくと妹は、西宮、甲山《かぶとやま》に近い養父の知人の家に世話になることになった。毎日二食、母の食事を作ってもらい、山から海まで夙川沿い、約六キロを、朝夕運んだ。弁当箱へ入れた野草沢山の雑炊。

近くに市の貯水池があり、ここから流れる小さな川のあたり、一面、ホタルだらけだった。ホタルを目標に爆弾を落とされるから、ホタルをすべて殺すべしという回覧板がまわったらしい。寄寓《きぐう》先きのお宅で、気まずい思いをしたり、病院の行き帰り艦載機による機銃掃射を受けたり、二つ年上の女性に想いを寄せたり、空襲までの日々と、まるで違う明け暮れのなかで、灯火管制でまっ暗、夜の底が明るければ、まず空襲による火災の熾《おき》。まったく異なる深い闇にホタルの、小川沿いびっしり光を点滅させる光景は忘れられない。妹を背負い、よく見入っていた。以後、ぼくは唱歌「蛍《ほたる》の光」を唄えない。

この後、負傷した養母を、大阪郊外の守口《もりぐち》に住む祖母に預け、ぼくと妹とは、知人を頼り、福井県の春江へと疎開する。

五十余年過ぎた今も、ときおり、あの言葉では表わすことのできないほど強烈な、焼夷弾の落下音を思い出す。見覚えのあるものはまったくない、六甲道駅から東へ二百メートルで始まる焼跡を思い出す。一つだけ、どうしても思い出せないのが、お向いの家の階段途中で聞いた爆発音の後、何が起ったのかということ。養父は、恐らくあの一発で命を落とした。お向いから、家の玄関は、十メートルと離れていない。だが、何も覚えていない、見ていない。山へ辿りつき、ふりかえって炎上の火をながめ、養父の死を確信した時、ぼくは突然解放感に包まれた。反射的なもので、すぐ失せたが。

参考文献

永井荷風『摘録 断腸亭日乗（下）』岩波文庫、一九八七年

第四章　終戦前夜

八月十三日夕方、米軍機が、東京に、ポツダム宣言受諾の旨《むね》記したビラを撒いた。結果的には、このビラが、終戦の手続き、つまり、国民・内外の兵士に、正式には、「休戦」「撃《う》ち方止《かたや》め」の指示を行わせることになった。

軍隊は何も知らされていない。「受諾」の事態は、君側《くんそく》の奸《かん》が上御一人《かみごいちにん》をたぶらかし、自らの保身を計ると決めつけ、クーデター必至だろう、しかしまた、天皇が、連合国軍司令官の、統治下におかれ、国体が損なわれるかどうか、語句の解釈に手間どっているゆとりはない。第三、第四の原爆が投下される、玉砕どころではない、一億瓦解。

根こそぎ動員による老兵はともかく、四十歳近い精鋭、関東軍から移送の機械化部隊も健在、中練、固定脚機も含め三千機の特攻機、松山、厚木、土浦、鹿屋《かのや》には血気盛ん、練度の高いパイロットがいた。

しかし列島に上陸を敢行しなくても、海上封鎖で、日本は十一月頃までに、飢えによる疲弊、内乱で瓦解していた。また、長い海岸線の、何も、防禦《ぼうぎょ》固めている地域に作戦展開の必要はないのだ。マッカーサーは、日本占領に際し、米軍兵士の戦傷者四万とみていた。

広島長崎に対する原爆攻撃は、まったく不要な「非人道的」仕打ちに違いない。本土決戦において、米軍百万人の死傷者、日本側千万人の死者、これを避けるための原爆投下は、トルーマンの弁解である。また、ソ連に対する牽制の意もあった。

しかし、広島、長崎に対するピカドンと、ソ連参戦、これが、ポツダム宣言受諾におもむかしめたのは事実。アメリカが使用をためらっていたら、少くともぼくは二ヶ月後妹の後を追っていた。

本土決戦か降伏か

高見順が、日記に記した如く、十三日あたりから、新聞紙面は、相変らずの語彙を用い、神州不滅を謳《うた》いながら、明らかに、変化がうかがえる。「最悪事態真に認識に続いて、「大御心《おおみこころ》に帰一し奉《たてまつ》れ。私心去り国体護持へ」また、「一億国民は特攻の精神を精神として戦い来たった」と、過去形になっている。

一刻も早い戦争終結、だが、十二、十三日の指導者会議は、結論が出せない。

敵襲は止まない。

大佛次郎の日記、八月十三日、「早天六時から艦上機の大挙侵入があり関東から新潟長野と広範囲に夕方まで連続的に行動。（……）敵もここを最後と暴れまわっている」。十四日、「敵襲も依然としてやまず」。大佛は、十一日、朝日の記者から、ポツダム宣言受諾の旨を知らされていた。

徳川夢声も、降伏の事態を十三日、ほぼ確信しながら、その日記において、「東部軍管区内ニ侵入セル敵ハ百八十機」。長野北部、関東北部、霞ヶ浦《かすみがうら》、印旛沼《いんばぬま》、九十九里浜、房総南端付近に米機の編隊、「一体何をしているんだろう、敵も味方も？」と、ラジオのスイッチを切ってしまう。しかし爆弾の炸裂音を耳にして、また聴くと、「新タナル敵編隊ノ行動ハ主トシテ飛行基地ソノ他軍事施設ナルモ、交通機関ソノ他ニ機銃掃射並ニ爆弾ヲ投下シツツアルニツキ」の放送、「さては決裂か？　うっかり昼寝もしていられなくなった」。「十九時の報道を聴くと、今日は関東地方にノベ八百機来ている。（……）報道の終りに原子爆弾のことを言い、吾々はあくまで国体護持に、如何《いか》なる事態に立ち到ろうとも、努力しなければならない」というアナウンス、「どうも交渉行き悩みであるらしい。　一億死に絶ゆる！　これもまた結構である！」と記す。

大佛、夢声は、敵襲をラジオで聴いただけだが、宣言受諾、つまり降伏を申し入れておきながら、十日から十四日まで、誰もはっきり、これを国民に表明する知恵も勇気も信念もなかった。千人以上が、殺されたはずだ。

米軍のビラ、これによるクーデターの恐れがなければなお荏苒《じんぜん》、日を過ごしていたろう。

木戸日記。八月十三日、「午前七時十分、阿南《あなみ》陸相来室、今回の聯合国回答につき意見の開陳あり、結局は此儘《このまま》にては認め難しと云うにあり」。

海野十三の日記。彼も、新聞記者により、和平申し入れを推測している。八月十二日、「女房にその話（※みなで死ぬこと）をすこしばかりする。（……）『敵兵が上陸するのなら、死んだ方がましだ』と決意を示した。（……）子供も、（……）ある程度の事情を感づいているらしい。『残っているものを食べて死ぬんだ』といったり『敵兵を一人やっつけてから死にたい』という」。八月十三日、「私としてはいろいろの場合を説明し、いろいろの手段を話した。その結果、やはり一家死ぬと決定した」。

そして海野は、遺書を認《したた》める。

中野重治は、壕掘り作業に従事しつつ、八月十四日、「作業、滝、八子ノ両名ハ未明出発。警報アレドモ作業ソノママ。夜味噌汁ノ残リヲ分配スル時、味噌汁ホシイモノ食器出セトイイシタメ中井上等兵殿、桜井兵長殿、班長殿ノ注意ヲ受ク。味噌汁ノ残リナド班長ソノ他ニ配ルハ失礼ト思イシハ逆ニテ残飯デモ何デモ先《ま》ズ班長ニ一番沢山黙テ配ルベキモノ。㋮来ズ。ヤヤ心配。島流シ、ポンコツ、矢、ソノ他ノ言葉。分隊長コチラニ寝ル」。

なまじ情報が入らないから、まさにさだめのまま流されるしかない。ぼくは、十日の米配給をたちまち食べつくし、少し知恵がついて、近くの老婆から、糠《ぬか》とフスマ入り小麦粉を一升枡《いっしょうます》十円で買っていた、中学三年だったが、金の価値について実感がない、妹の頭髪にたかった毛虱《けじらみ》を梳《す》き取るため、万屋《よろずや》で求めた櫛《くし》も十円。親の遺したものがあったから、十円札は何枚もポケットに入れていた。原子爆弾に怯《おび》えきりながら、連合艦隊はまだ健在と信じ、原爆を凌《しの》ぐ四次元兵器、これも少年倶楽部に、訳判らぬながら紹介されていたシロモノ、その出現を夢想、そして、天皇陛下が、白馬に乗り、ぼくと妹にお粥を届けて下さる妄想を思い、空耳に海往《うみゆ》かばがひびく、誰ともつき合わず、他処《よそ》の家のラジオ、大人の立ち話を耳にするだけ。春江町では和平中し入れについて、誰も知らなかったろう。

八月十四日。春江はこの日も、よく晴れていた、ぼくは大豆を一升十五円で買った、午後二時、ラジオが近畿管区空襲警報をつげ、この警報において、敵機の襲来地域をはっきりつげる、また爆撃の種類に言及することはないはずだが、ぼくは、大阪市森《もり》之宮《のみや》の造兵廠《ぞうへいしょう》に対する爆弾攻撃と、放送中に知った。つくづく、春江に来て良かった、神戸で焼け出され火傷を負った養母は、西宮から守口に避難、造兵廠と離れているが、その爆発音、なにより地響きはもろに伝わったはず。放送の内容を覚えていないが、何百キロか離れた地点への、B29大編隊の、多分、一トン爆弾主体の爆撃、轟音、落下音、炸裂音、地の揺れを、錯覚にしろはっきり確め得た。頭で判っている、春江は何でもない、しかし怖い。あっけらかんと何もなくなってしまう、焼夷弾に比し、爆弾攻撃は被害の形も無惨なのだ。

最後の御前会議

十四日正午、最後の御前会議、ラジオを通じての、いわゆる玉音放送が決定、午後一時、新聞社に通達。その一方で、大阪造兵廠は完膚なきまでに爆弾で破壊され、死者千三百名。東洋一の兵器工場を潰しておく米軍の意図は判らないでもないが、十日の決定直後の、玉音放送で、撃ち方止めにいささかも障《さわ》りはなかったのではないか。

二発の原爆、ソ連の参戦を、鈴木首相、米内《よない》海相は、和平のための天佑《てんゆう》と明言した。

大佛次郎、八月十四日の日記。

蒸暑い日が続く。敵襲も依然としてやまず。夕刻、岡山東（三社聯盟《れんめい》）来たる。いよいよ降服ときまったので記事書いてくれという。書けぬと答えたが遂に承知。木原門田来たる。九時のニュウス明日正午に重大発表があると報道す。村田宅に呼ばれ行き酒を馳走になる。何となく仕事に手がつかず飲まずにいられぬような状態。吉野君は娘さんを置きに高崎へトラックで行ったそうである。

徳川夢声、同。

七時半頃迄に二度もＢ29が上空を通過、高射砲が轟《とどろ》く。雲がたれこめているから、原子爆弾の熱線は相当弱まるであろう。（……）

正午ごろ、静枝と明子が多摩の山から帰って来た。

――日本の申出《もうしい》では蹴られたんですって。いよいよ大変なことになるんですって。死ぬなら親子一緒の方が好《い》いから、一雄を呼び戻そうと思うのよ。

といったような静枝の報告である。私は出来るだけ平静に聴いていたが、厭《いや》な心もちになった。

三人で昼飯の卓を囲む。飯は今朝私が出鱈目《でたらめ》の水加減で炊いたやつ、（……）

夜九時の報道劈頭《へきとう》に、明日正午重大発表がある旨放送された。

重大発表とだけで内容は何等《なんら》示されていないけれど、戦争続行の重大発表ならば、演芸放送を急に全部抹殺という筈がないと思う。（……）

――明日正午重要ナ発表ガアリマス、昼間配電ノ無イ所ニモ此時間ハ配電サレル事ニナッテオリマス（……）

二十三時、警報発令。私たちは燈《ひ》を消した。静枝は蚊をこぼしながら寝室へ退《しりぞ》く。私は暗やみで煙草《たばこ》など喫《す》い尚も情報を聴いていた。

〰本日来襲ノ敵目的ハ明ラカナラザルモ断ジテ恐ルル要ナシ（妙な言葉だ）

〰本日ノ敵機ノ来襲ハ長時間ニ亘《わた》ルベキヲ以《も》ッテ長時間ノ態勢ニ遺憾《いかん》ナキヲ期セラレタシ

〰平《たいら》付近ヨリ福島地区ニ侵入セル敵ハ三十目標ナリ（二十三時五十分）

（……）

この放送は翌日の三時迄続いた。放送員は最後にしみじみとした調子で、

〰さて皆さん、長い間大変御苦労様でありました。

とつけ加えた。私もしみじみした気もちでスイッチを切った。

高見順の八月十四日。

同盟ビル一階の西日本新聞社へ行く。一階に移ったのだ。外はまだ明るかった。高島君（註＝高島正）がいたら情報を聞こうというつもり、幸い高島君はいた。が、漏洩が厳重に取締《とりしま》られている。新聞社でも少数の幹部を除いて、情報が全くわからないらしい。

駅へ向う途中、高島君の友人らしいのが、

「十一時発表だ」

と言った。四国共同宣言の承諾の発表！　戦争終結の発表！

「ふーん」

みな、ふーんというだけであった。溜息をつくだけであった。

――戦争が終ったら、万歳！　万歳！　と言って銀座通りを駆け廻りたい、そ

う言った人があったものだが。私もまた銀座へ出て、知らない人でもなんでも手を握り合い、抱き合いたい。そう言ったものだが。

衆議院書記官長、大木操《みさお》、八月十四日。

朝六時過警報、B29一機直《ただ》ちに退去、七時半又警報。
一、閣議昨夜中に大体決定。
一、今朝最高戦争指導会議。十時半より拡大会議（全閣僚、枢密顧問官）にて大勢決す。御前会議遅くなる。
二時頃より閣議にて手続、陛下が責任者犯罪人を出さぬ。
一、夕刻職員食堂にて食事。
一、明日大詔渙発《たいしょうかんぱつ》。内閣告諭、外交文書往復経過等発表の由。

大本営「機密戦争日誌」。大本営の少壮将校は、御前会議の決定に不満を抱き、クーデターの計画を棄てていなかった。阿南陸相を擁し、あくまで徹底抗戦、連合国軍が、天皇の地位を認めず、皇室廃止の主張をむしろ望み、これならば、国体護持のため、あえて聖断をくつがえし得る。この動きを封ずるために、最後の御前会議は、突如開かれ、あわただしく決定が下された。阿南陸相の最期を記述した部分のみ記せば、「遺書ハ、『一死以テ大罪ヲ謝シ奉《たてまつ》ル、（……）神洲不滅ヲ確信シツツ』（……）大臣ハ既ニ割腹ヲ了《お》ワリ、喉《のど》ヲ切リツツアリ、予ガ介添《かいぞえ》シマショウカト言イタルニ対シ、無用、アチラニ行ケト云ワル」。近衛、鈴木、米内、阿南、十日から十四日までの、胸のうちは計り難い。御聖断という形に委《まか》せ、各自が、責任をとらなかったことは確かであろう。ぼくは、前夜の、翌日正午重大放送のラジオを聞いていない、ただ、翌朝、早い時刻に知り、その実態など知らぬまま、「戒厳令」布告、あるいは、一層奮励《ふんれい》努力せよとのお言葉と予測、だが、このことについて話合う大人はいなかった。

玉音放送は、雑音が多く、耳なれない至尊《しそん》の言葉の抑揚、またむつかしい言葉の羅列、判らなかったと、よくいわれるが、ぼくは、後の、館野《たての》アナウンサーによる再読の前に、敗けたとは思わず、はっきり「終った」と感じ、「和睦」の言葉が浮んだ。体をこわして休んでいた中学生が、「連合艦隊どないしてん」と叫ぶようにいうと、浴衣姿の老人が「そんなん、とっくにあらへん」平然といった。ぼくは、とにかく終った、空襲はもうない、ただそのことだけで、あったかい湯の中に体をひたしたような、カンカン照りの、道の端《は》しで聞き、汗みずくのはずだが、あの、体の芯がとろけるような、安堵感は、たとえようがない。音がよみがえり、「戦争は終ったという蟬《せみ》時雨《しぐれ》」一句浮んだ。誰も嘆かず、泣きもしない、放送が終って、道ばたに集った老人女子供、立ち話のかたわらに、魚の売り子が盤台を下《おろ》していた。戦争が終ったことの確めは、朝、いちおう隊伍を整えて、壕掘りに出かけた老兵たち、夕刻、てんでんばらばらに戻って来たこと。

ミッドウェイ海戦後、海軍高級士官だった高松宮は、戦争終結にむけての進言を天皇に述べている、もはや、帰趨《きすう》は決ったと。ガダルカナル撤退、サイパン島玉砕の後、陸軍に籍のあった三笠宮が、同じく奏上した。特にサイパンを拠点とし、B29が本土空襲を行う事態となれば、日本列島は廃墟と化す旨説明。民間人にも、とにかく東条首相を退《しり》ぞかせ、戦争終結の方向へと、東条暗殺の動きがあった、ぼくも中学二年で耳にしている、十九年の夏以降、英雄「東条さん」の威信は、まったく地に墜《お》ちていた。そして辞職。日本人は戦争について何も知らなかった。戦争において敗けることもあるということを、考えずに始めたのだ。

参考文献
高見順『敗戦日記〈新装版〉』文春文庫、一九九一年

大佛次郎『大佛次郎 敗戦日記』草思社、一九九五年
徳川夢声『夢声戦争日記抄　敗戦の記』中公文庫、二〇〇一年
木戸幸一『木戸幸一日記　下巻』東京大学出版会、一九六六年
海野十三『海野十三敗戦日記』橋本哲男編、講談社、一九七一年
中野重治『敗戦前日記』中央公論社、一九九四年
大木操『大木日記　終戦時の帝国議会』朝日新聞社、一九六九年
軍事史学会編『大本営陸軍部戦争指導班　機密戦争日誌　下』錦正社、一九九八年

第五章　八月十五日正午の記憶

「ポツダム宣言」受諾の日は、昭和二十年八月十四日。ラジオを通じて、国民、外地の、内地ほどいためつけられていない日本軍に、これを知らせるべく、天皇自ら詔勅を読み、この録音盤を、日本放送協会ラジオ第一放送で、流したのが、翌十五日。

八月十五日は、玉音放送の日でしかない。

そして、この詔勅に、一言も、「敗戦」の言葉はもとより、これを暗に伝える語句もない。戦局必ずしもわれに利なく、敵は残虐なる兵器を使用、これ以上、戦っても民族は滅亡に到る、故《ゆえ》に、万世のため、泰平《たいへい》を開かしめると述べる。

原子爆弾、ソ連参戦がなかったら、血気にはやる軍人でなくても、ちょっと、「アレッ」の気分だったと思う。

はっきり勝ち目がない、どころか、ミッドウェイ敗戦以後、ひた押しに押され、もはや手も足も出ない、やられるだけと、戦争指導部に見当のついたのが十九年サイパン島失陥《しっかん》。ここで、どういう言葉にしろ、玉音放送により、戦争終結をつげても、これは大混乱をもたらしめただけとは思う。

「戦争」とは災害なり

神州不滅、万世一系の天子を奉戴《ほうたい》。世界に卓越した神の国が、敗けることはないと、「洗脳」されていたなどいうのは、ためにする後からの、こじつけ。単に、外敵に侵入されたことがなく、日清、日露で、何となく時の利を得て勝った、うぬぼれのぼせた、文明の、ごく上《うわ》っ面《つら》のところで、先進国の末尾に辛《かろ》うじて付し、東洋の盟主と、奢《おご》りたかぶったのも、不思議じゃない。あげく、事態の急速な変化に、思考停止。それにしても、大日本帝国陸海軍に、戦略家はいなかった。

完膚なきまでやられての敗戦。原爆、ソ連参戦でようやく、決めた敗戦受け入れ。そしていざ敗けたとなって、世界の歴史上、かくも見事に、整然と、さしたる混乱もなく、この国民のほとんどにしてみれば、驚天動地の事態を、平静に受け入れた例はない。ささやかな、せいぜい一日、二日、両手の指で数えられるだけの、反乱ともいえぬ軍の敗け戦を認めぬ動きはあったが、線香花火よりはかないもの。

地震と火事と台風がいっぺんにやって来たような空襲、飢えは二年、三年続いた凶作によるものと同じに、受け入れた。お先き真暗となって、積極的な反戦、厭戦の雰囲気がかもし出されていたわけじゃないし、ナチス、ファシズムに対する計画的な反抗が、ドイツ、イタリアにはしばしば企てられたが、大日本帝国において、いっさいみられなかった、ただ首相のすげかえだけ。東条の後の小磯《こいそ》、小磯の後の鈴木貫太郎、国民のほとんどが知らなかった。戦争は、空襲が始まるまで、世間にとって他人ごと。もとよりみんな、うんざりしていた、戦争を知らず、これによってもたらされる惨禍を、天災の如く受けとめ、ただ、漂い流れる。遠からず死ぬと漠然たる予感は、二十年三月あたりから、大人たちの間にはあったと思う、あの矢継ぎ早の大空襲死、怒濤の勢いの米軍の勢いを、新聞ラジオが何をいったかが、これは判る。だが、人間、自らの「死」を切実には受けとめられない。敗戦についての想像力が働かない。

アナーキーといえばアナーキー。

天皇を、現人神《あらひとがみ》としてみる者は、ごく少数だったが、この、漠然たる死の予感について、かりそめの支えとなったのは、やはり天皇だったのだ、何のために死ぬのか。一億、天皇原理主義者になって、天皇のためというより、天皇と一緒に死ぬ幻想で、とらえどころのない、しかし確実な死を受けとめ、それ以上考えない。

鬼畜に対する憎しみは、もはやない。いや銃を持ち、敵と相まみえた最前線兵士を除き、初めからなかった、緒戦における局地的大勝利に酔い、ついで、敵の反攻を他人事の如くながめ、本当に、誰が、本気で戦っていたのかと思う。飛来し、好き勝手に、機銃掃射を加える、猛々《たけだけ》しい戦闘機P51、P38などに対し、村田銃でもいい、所持して、一発でも射ち返せるなら、「敵」との認識も抱き得る、ただ逃げるだけ、となると、これは、天災、あるいは厄病《やくびょう》の大流行。地震や天然痘《てんねんとう》やコレラに、憎しみは抱き得ない。民間人を信用せず、自分たちだけが戦うと夜郎自大《やろうじだい》の極にあった軍人の罪である。

地軸を揺がせ、ものみなぶっこわし、焼き払う天災、運の悪い者弱い者を見境いなく殺す疫病、瑞穂《みずほ》の国でありながら、飢死《うえじに》を覚悟しなければならない大凶作同然の仕儀、このすべて、平穏安泰におさめるべく、天皇がお祈りになった。あの詔勅こそは神の言葉だった。この時、天皇は現人神になり給《たも》うた。ラジオの雑音、玉音の抑揚、この時、日本人は都合よく、神の言葉に従った。

玉音放送はお告げ、日本人は生き残った。

と、したりげにいえるのは、六十年を経た今になってからこそだが、当時の日記を読み返せば、ぼくの、この、あるいは偏寄《かたよ》った考え方に、そう間違いはない。

くり返しておくが、十四日午後一時、マスメディアに、「宣言受諾」、十五日発表の旨、通達された。もちろん部外秘。新聞社は、写真の手配に工夫した。毎日新聞、十六日掲載、有名な、宮城《きゅうじょう》前、敗戦の事態に至ったのは、自分たちの努力が足りなかったためと、玉砂利の上で土下座平伏《へいふく》の姿は、十四日午後、皇居、焼跡整理に奉仕の、福島県の人たちである。お別れに、平伏して挨拶《あいさつ》してくれないかと、カメラマンが要請、奉仕隊は従った。これが、陛下に力至らざるを詫《わ》びる民草《たみくさ》の悲痛な姿として紹介された。

ややお上《かみ》に近い立場にいた者は、明日のことを知っていた。家族にはつげている。さらに早い者は、十日の御前会議で、戦争終結を心得、しかし、具体的に動きがないから、ヤキモキしていた。大佛次郎、徳川夢声、高見順、ルートはさまざま、やや危っかしい消息通、新聞記事の筆調に補強されながらも、かなりが推測、しかし、敗けた後、どうなるかまで、考えられない、これまた他人ごと。

それぞれの八月十五日

十五日、玉音放送以後、ぼくは、ただうれしかった。生物として、とにかく生きながらえた。欣喜雀躍《きんきじゃくやく》じゃない、ことさら笑みも浮べなかった、無表情無心に、生を確めていた。静かな、戦争の気配まったくうかがえぬ田舎にいて、明日死ぬかも知れないなどと、朝夕取越《とりこし》苦労していたわけじゃないが、やはり、「死」はすぐそばにあった。戦争が終って、ようやく判った。死ななくていい、十四歳の身としては、先き行きひどい生き方を強いられるなど思わぬ、生きて行ける、本当にホッとした。この軽い言葉がいちばんふさわしい。

荷風の十五日、まず天候を記し、以下、ほとんど食いものについてのみ記す。最後の一行、「休戦の祝宴を張り皆々酔うて寝《しん》に就きぬ」。欄外に、「正午戦争停止」とだけ。

海野十三の日記。

八月十五日

○本日正午、いっさい決まる。(※終戦のラジオ放送)恐懼《きょうく》の至りなり。ただ無念。

しかし私は負けたつもりはない。三千年来磨いてきた日本人は負けたりするものではない。

○今夜一同死ぬつもりなりしが、忙しくてすっかり疲れ、家族一同ゆっくりと顔見合わすいとまもなし。よって、明日は最後の団欒《だんらん》してから、夜に入りて死のうと思いたり。

くたくたになりて眠る。

八月十六日

○湊君、間宮君、倉光君くる。湊君「大義」を示して、われを諭《さと》す。

○死の第二手段、夜に入るも入手出来ず、焦慮す。妻と共に泣く。明夜こそ、第三手段にて達せんとす。

○良ちゃん、しきりに働いてくれる。

八月十七日

○昨日から、軍神杉本五郎《すぎもとごろう》中佐の遺稿「大義」を読みつつあり、段々と心にしみわたる。天皇帰一、「我」を捨て心身を放棄してこそ、日本人の道。大楠公《だいなんこう》が愚策湊川《みなとがわ》出撃に、かしこみて出陣せる故事を思えとあり、又楠子《なんし》桜井駅より帰りしあの処置と情況とを想えとあり。痛し、痛し、又痛し。

○昨夜妻いねず、夜半に某所へ到らんとす。これを停めたる事あり。妻に「死を停《とど》まれよ」とさとす。さとすはつらし。死にまさる苦と辱《はずかしめ》を受けよというにあるなればなり。妻泣く。そして元気を失う。正視にたえざるも、仕方なし。ようやく納得す。われ既に「大義」につく覚悟を持ち居りしなり。

八月十八日

○井上（康文）、鹿島（孝二）君来宅。

○熱あり、ぶったおれていたり。

高見順の日記。

十二時、時報。

君ガ代奏楽。

詔書の御朗読。

やはり戦争終結であった。

君ガ代奏楽。つづいて内閣告諭。経過の発表。

――遂《つい》に敗けたのだ。戦いに破れたのだ。

夏の太陽がカッカと燃えている。眼に痛い光線。烈日《れつじつ》の下に敗戦を知らされた。

蟬がしきりと鳴いている。音はそれだけだ。静かだ。

「おい」新田が来た。

「よし。俺も出よう」

仕度をした。駅は、いつもと少しも変らない。どこかのおかみさんが中学生に向って、

「お昼に何か大変な放送があるって話だったが、なんだったの」

と尋ねる。中学生は困ったように顔を下に向けて小声で何か言った。

「え？　え？」

とおかみさんは大きな声で聞き返している。

電車の中も平日と変らなかった。平日よりいくらかあいている。

大船《おおふな》で席があいた。腰かけようとすると、前の男が汚いドタ靴をこっちの席の上にかけている。黙ってその上に尻を向けた。男は靴をひっこめて、私を睨《にら》んだ。新田を呼んで横に腰かけさせた。三人掛けにした。前は二人で頑張っている。ドタ靴の男は軍曹だった。

軍曹は隣りの男と、しきりに話している。

「何かある、きっと何かある」と軍曹は拳を固める。

「休戦のような声をして、敵を水際までひきつけておいて、そうしてガンと叩くのかもしれない。きっとそうだ」

私はひそかに、溜息をついた。このままで矛《ほこ》をおさめ、これでもう敗けるということは兵隊にとっては、気持のおさまらないことには違いない。このままで武装解除されるということは、たまらないことに違いない。その気持はわかるが、敵をだまして……という考え方はなんということだろう。さらにここで冷静を失って事を構えたら、日本はもうほんとうに滅亡する。植民地にされてしまう。そのところがわからないのだろうか。

敵をだまして……こういう考え方は、しかし、思えば日本の作戦に共通のことだった。この一人の下士官の無智陋劣《ろうれつ》という問題ではない。こういう無智な下士官にまで滲透《しんとう》しているひとつの考え方、そういうことが考えられる。すべてだまし合いだ。政府は国民をだまし、国民はまた政府をだます。軍は政府をだまし、政府はまた軍をだます、等々。

徳川夢声の日記。

正午の時報がコッコッと始まる。

これよりさき、私は自分の座蒲団《ざぶとん》を外し、花梨《かりん》の机に正座し、机に置かれた懐中時計を（この時計がなんとアメリカ製のウォルサムなのである！）見つめていた。明子は私の背後、斜め右三尺のところに正座、静枝は同じく斜め左六尺ばかりのところに正座、三人とも息を殺して御待ちする。

コーン……正午である。

――コレヨリ畏《かしこ》クモ天皇陛下ノ御放送デアリマス、謹シンデ拝シマスルヨウ

――起立ッ！

号令が放送されたので、私たちは其場《そのば》で、畳の上に直立不動となる。

続いて「君が代」の奏楽が流れ出す。この国歌、曲が作られてこの方、こんな悲しい時に奏されたことはあるまい。私は、全身にその節調が、大いなる悲しみの波となって、浸《し》みわたるを感じた。

曲は終る。愈々《いよいよ》、固唾《かたず》をのむ。

〇

玉音が聴え始めた。

その第御一声を耳にした時の、肉体的感動。全身の細胞ことごとく震えた。

……朕《ちん》深ク世界ノ大勢ト帝国ノ現状トニ鑑《かんが》ミ非常ノ措置ヲ以テ時局ヲ収拾セムト欲シ……

……而《しか》モ尚《なお》交戦ヲ継続セムカ、終《つい》ニ我ガ民族ノ滅亡ヲ招来……

……然《しか》レドモ朕ハ時運ノ趨《おもむ》ク所堪《た》エ難キヲ堪エ、忍ビ難キヲ忍ビ……

何という清らかな御声であるか。

有難さが毛筋の果てまで滲み透る。

再び「君が代」である。

足元の畳に、大きな音をたてて、私の涙が落ちて行った。

私など或る意味に於《お》いて、最も不逞《ふてい》なる臣民の一人である。その私にして斯くの如し。

全日本の各家庭、各学校、各会社、各工場、各官庁、各兵営、等しく静まりかえって、これを拝したことであろう。斯くの如き君主が、斯くの如き国民がまたと世界にあろうか、と私は思った。

この佳《よ》き国は永遠に亡びない！　直観的に私はそう感じた。

松波盛太郎、当時、四十三歳、東京の吉田電機勤務。

待たれる放送時間に、組内のものが荒川組長宅に集まった。皆《み》んな声を呑《の》み、誠に恐縮申上げる陛下の玉声を拝した。ポツダム会談よりの通告を、スイスを通じて条件を修正して敵国に申入れる旨の陛下の御心のほどを拝察し涙が催された。というのは、神武天皇以来幾多困難を廃して神国日本の礎《いしずえ》を固めて来た二千年の歴史も、遂に降伏をよぎなくさせられたからだ。特に今上《きんじょう》陛下の、明治天皇に対しての感慨は拝察申上げるだに恐れ多いことである。その陛下の御声は、血を吐くの切々たる心がこめられていた。国民として雲上の玉声を拝するこの上もなき光栄は、永く頭の奥に銘記しなくてはならぬと思った。語尾は重く、声はかすれ、ききとれぬところも有《あ》った。陛下としますれば、無辜《むこ》の民を戦死、戦災死者を次々出すも戦局はわれに利あらず、涙を呑んで降伏するとのこと。この御心中のほど、銃後国民の上に思《おぼ》し召さる聖慮のほど、かしこき極みである。敵が原子爆弾を使用するに至った今、国民の上に垂れ賜《たま》うこの大君の聖恩に感涙せざる者はなかったであろう。

政府も陛下の聖断を仰ぎ奉るに、閣僚は深更《しんこう》まで協議を重ね、遂に降伏を受けた。思えば二千年の皇国歴史を通じて、他国に和を求めたことなどなかった。ところが、臣民を思うあまり、忍び難きを忍び耐え難きを耐えて降伏する聖上の御《ご》宸念《しんねん》に、国民はつくすべきをつくさずかかる事態に立ち至ったこと、国民のいたらざること万死にあたいするのだ。

伊藤整《せい》、十六日に記された記述。

正午となり、工員たちが事務室の入口に集ってもじもじしているので私は声をかけて皆を室内に入れてあまり息苦しくならぬように立たせた。私は鉛筆と紙とを持ち、田上氏のそばに立って用意した。総理大臣がいきなり放送して、陛下のお詔勅の御朗読のレコードを放送する、との前置きがあって、やがて荘重なお声が流れ出た。戦況必ずしも利あらず、敵の残虐なる新爆弾が我民族を滅亡させる如き形勢となったので、敵と和平の交渉を開始されたとのお言葉が、多少の雑音を混えながら拝聴された。あちこちに女の職員たちの啜《すす》り泣きが起った。お勅語が終って君が代が奏された。平日は私は号令をかけたりしたことが無いのだが、皆声をのんだきり黙っているので、お勅語の終った時に私は「最敬礼」と号令し、君が代が終って「直れ」と言った。それから内閣直諭という放送に移り、総理大臣の承勅必謹《ひっきん》［ママ］の旨の訓示があり、続いて、今春ドイツが降服して以来、我国は中立的立場にあったソ聯を仲介として英米と和を講ずる方途に出ていたが、英米支はそれに対してポツダム宣言を、対日最後処理案として発表したが、我方の受け容れるところとならなかった。そしてソ聯はその点を理由として敵側に参戦し、また米軍は強力な原子爆弾を使用した。ここに於て我国は平和を求めることとなったが、ただ皇室の存置を条件として交渉を始め（外《ほか》は無条件のこととなる）たが、この点容認されたので、ここに正式交渉が開始された、というのがその要旨であった。

男の工員や職員でも涙を拭《ぬぐ》うもの、テーブルに伏して泣くものが多く、女はほとんどみな泣いていた。田上氏は、我々国民としてこの際お勅諭を体して慎重に事態の推移を待つこととする旨話があり、今日は三時終業となった。工員は掃除をして帰ることになり、散った。

こうして平和が来た。ここは北海道であるが、東京も大阪も鹿児島も日本の敵空襲で焼かれた焦土のあらゆる場所でこの瞬間に国民は戦の終ったこと、大和民族が屈服したことを知ったのである。

平和は突然、思いがけない早い時期に来た。一体今後どうなるのだ。ポツダム宣言では日本領土としては、北海道、本州、四国、九州の外、敵方の認める諸島《しょとう》嶼《しょ》のみ、ということになっている。そして平和的な民主主義的な政府が樹立されるまでは、敵は日本の重要地点を占領するという条項がある。とすれば、直《す》ぐにも数日のうちにも敵が上陸して来るか。

山田風太郎日記。

○帝国ツイニ敵ニ屈ス。

敗れて正気を取り戻す

玉音放送を聴いて、民草《たみくさ》すべて呆然《ぼうぜん》としたという。呆然というなら、十六年十二月八日朝、米英と戦闘状態に入った旨を告げる臨時ニュースを聞いた時の方が勝るように思う、館野守男のアナウンスに続いて、戦果が発表され、これがまたとてつもないことだったから、東条首相の常套句、「まことにおめでたい」に違いないが、それまで、日米交渉の経緯、さらに以前からの、アメリカ対日輸出禁止、暗雲低迷の感じは確かにあった。だが、まさかアメリカと戦争とは、世間一般考えず、あの日の朝、皇軍大勝利の報道にもかかわらず、少くともぼくの住む神戸の新興住宅地あたり、シーンと静まりかえっていた。石油に関っていたぼくの養父は深刻な表情だった、その彼もミッドウェイまでは、勝利をつげる新聞の切り抜きをしていたが。

呆然としっ放しだった。三年半を経て、敗けるとは考えない、敗けはしないが死ぬ。どうなるのか判らないが死ぬことだけは確か。

そこへ、死ななくてもいいと、神のお告げ、十四歳のぼくは、単純に空襲がなくなると、ホッとしたが、二十三歳の山田風太郎は、「ツイニ敵ニ屈ス」と、はっきり受け止めている。これは、森脇瑤子さんの、「一生懸命がんばろうと思う」と対《つい》を為す。真情溢れる一行。そしてこれ以外、いえない。丁度、期待の重さに耐えかね自殺した、東京五輪のマラソンランナー円谷《つぶらや》幸吉《こうきち》の遺書「おいしゅうございました」「ありがとうございました」の、羅列と同じ。嘘じゃない、言葉の極言。

突然の敗戦宣言に呆然、惨澹《さんたん》たる日常に、すっかりやる気をなくしていた民草、素直に受け入れたことになっているが、ぼくは、日本国民、十二月八日に呆然として、そのまま、呆然と、戦争の何たるかを知らぬまま、知ろうともしないまま、ほとんどの人間が、戦争を他人ごとと受けとって、呆然と過ごし、八月十五日、ようやく戦争を認識した。

敗けて、呆然から脱け出た。正気をとり戻した。戦時下の明け暮れは非日常、よみがえった日常は敗戦国民、これがどんなものか、世間には皆目判らない。ただ、国体は護持されたとのみ強調された。国体とは何なのか、あらためて考えるより、まず眼先きの飢え、どっちみち死ぬなら、その日暮しでもいい、だが生きつづけるとなると、先きを考えなきゃならない、呆然とはしていられない道理。八月十五日から、占領軍のやってくる二十八日あたりまで、新聞ラジオの論調も、個人の日記も、混乱をきわめる、正気が戻ったのだから当然。

混乱していないのは、当然ながら、ポツダム宣言受諾に関った重臣、最高責任者たち。

木戸日記は記す。「正午、陛下御自ら詔書を御放送被遊。感慨無量、只涙あるのみ」。この感慨は、彼なりに、国体を護持し得た。その立場として、補弼《ほひつ》の任を全うした、やはりホッとしたであろう。以下、敗戦処理内閣の在り方について、協議。

もう一方に、戦時下も敗戦も関りのないなりわいの臣民がいた。料理飲食業組合、待合業組合、接待業組合、芸妓屋同盟会、貸座敷組合、慰安所連合組合、つまり花柳界、遊郭の経営者。空襲後、もっとも早く、軍の要請援助を受け焼跡で営業を始めたのも彼等。そして東京では、八月十七日、その主だった連中が、警視庁に呼び集められ、「国体護持の大精神に則《のっと》」った内命を受けている。やって来る占領軍、三日前までの「鬼畜」に対し、「彼我両国民ノ意思ノ疎通ヲ図リ、併《あわせ》テ国民外交ノ円滑ナル発展ニ寄与、同和世界建設」の目的で、占領軍慰安施設を緊急に造るべく、指令される。この忠良なる人々、狐につままれた感じで、「円滑ナル発展」に必要な女性を、どう集めるか、考えはじめた。八月十五日に至ると、さしもの吉原にさえ、娼婦は少くなっていた。

彼等が桜田門を出て、宮城前を通り過ぎる時、敗戦に悲憤慷慨《こうがい》、割腹自殺を遂げた数人の将校の乾いた血溜り、群がるハエが、まだあった。また、役人も、八月二十日あたりから、ほとんど機能しなくなった軍隊に代り、占領軍を遺漏《いろう》なく迎えるべく、積極的に動きはじめた。天皇の官吏は、一日にして、GHQのしもべと変じ、何の変りもない、建物は爆撃により破壊されたにしろ、機構、気質はそこなわれていない。敗戦の事態にあって、役所だけは、役人気質により、一日の空白もなく機能していた。役人が占領軍のいうままながら、国の機構を保った。さらにいえば、意識しないながら役人気質が、良し悪し別に、戦前の日本を引きついだ。彼等がヤケになっていたら混乱はさらに輪をかけたろう。

参考文献

海野十三『海野十三敗戦日記』橋本哲男編、講談社、一九七一年
高見順『敗戦日記〈新装版〉』文春文庫、一九九一年
徳川夢声『夢声戦争日記抄　敗戦の記』中公文庫、二〇〇一年
松波盛太郎『こころの遺書』風樹舎、一九八三年
青木正美編『太平洋戦争銃後の絵日記』所収、「昭和二十年――松波盛太郎日記（終戦まで）」東京堂出版、一九九五年
伊藤整『太平洋戦争日記㈢』新潮社、一九八三年
山田風太郎『戦中派不戦日記』講談社文庫、一九八五年
木戸幸一『木戸幸一日記　下巻』東京大学出版会、一九六六年

第六章　遅すぎた神風

玉音放送の直後、東京や横浜で米の特配があったと、大佛次郎の日記（八月十六日）にある。本土決戦に備えて軍の備蓄していた物資、あるいは空襲罹災者へ、当座の炊き出し用の米を、敵の手に渡る前に大量に放出したといわれている。ぼくは福井県下農村部春江町にいて、その恩恵は受けなかったというより、絶対量として、足りなかったが、代用食ではなく、米が配給されていたのだ。この地で、むしろうどん、小麦粉の入手は難かしかった。養母たちの住む大阪府下守口町では、市内中心部に特配、守口のような、農村と隣接する地域には、届かなかった。生産地が近い、何とかやりくりするはずと、勝手に府が決めつけた。これは、以後も続く。

この特配とは関りがないだろうが、敗戦直後の日本人は、正気をとり戻しただけに、気落ち、ほっとするばかり、鬼畜に対し、いつの日かいま一度という復讐の言葉は当らないが、臥薪嘗胆《がしんしょうたん》、敗戦の屈辱を雪《そそ》ぐという気概は、まったくうかがえなかった。もっとも徳川夢声の八月十六日、「まったく猿飛佐助《さるとびさすけ》になりたい。一人の猿飛あらば、マッカーサーだろうと、ニミッツだろうと、いくらでも悩ましてやることが出来るのである」は、その例外な、単なる子供っぽい妄想の例。若き医学生山田風太郎は、同日の日記に、「僕はいいたい。日本はふたたび富国強兵の国家にならなければならない。そのためにはこの大戦を骨の髄まで切開し、嫌悪と苦痛を以て、その惨澹《さんたん》たる敗因を追及し、嚙みしめなければならぬ。全然新しい日本など、考えてもならず、また考えても実現不可能な話であるし、そんな日本を作ったとしても、一朝事あればたちまち脆《もろ》く崩壊してしまうだろう。（……）まず最大の敗因は科学であり、さらに科学教育の不手際であったことを知る」と、歯がゆさを吐露している。正直な、また誠実な述懐、彼もまた、数少い「戦った」日本人。

八月十五日を境にがらりと日本が変ったというが、表面上それほど極端なものでもなかった。特に新聞の記事、戦争に勝つという文字こそないものの、戦後賠償の支払いという苦難に国民一致して腹を据えて立ち向わなければならないとか、航空部隊は解散するが特攻精神を忘れずに祖国復興に精進せよと部隊長があいさつしたとか、敗戦の悔しさをこらえてビスケットを作る食品工場の少女の話とか、祖国再建のために頑張れという論調には、戦時中と同じ印象を受ける。敗戦とはいったい何なのか、日本はどうなるのかといった、「情」ではなく「理」を説く記事はまったくない。敗戦は、予定原稿にない、これを書く能力を有する現役のジャーナリストはいなかった。敗戦中放逐《ほうちく》され、筆を封じられたまま、多くはすでに亡くなっていた。

そして、政府の方針のまま、徐々にまったく何の反省もないまま、アメリカ迎合《げいごう》に転じていく。昨日までの「臣民」も、一億玉砕という、呆然とするしかない事態を免かれ、覚めはじめる、そして、タガが野放図に外れていく。

作家伊藤整、八月十七日の日記、「一昨日平和の大詔《たいしょう》渙発《かんぱつ》されてから、今日は三日目であるが工員の気風は目に見えて変って来た。今まで全員戦闘帽にゲートルであったのに、今朝はソフトハットをかぶって来た工員が二人居る、ゲートルを着けないものは、もっと多く、現に私自身もゲートルを着けると足が苦しいので、早速《さっそく》昨日から脱いでいる。工員は一昨日は泣いていたが、昨日はどうにか操業をつづけた。(……)しかし今日は午後は機械が止り、みなあちこちに集って喋っているのみである」。

空襲や本土決戦で殺されることはない。しかし、この先き、どんな暮しが、どんな未来が待っているというのか。考えたところで判らない、しかし、をくり返すが、とにかく、考えようとはした。判らないまま、生きのびるために、それぞれが模索しはじめる、生物《いきもの》として。

大雪の恐怖

春江で、新聞、ラジオ、大人と無縁の生活をしていたぼくは、そのような世間の動きすら、知らない。変化といえば、ぼくの妹が、餓死したこと。妹の無惨非業《むざんひごう》の死を悲しみはしない、重荷から解放された気分が強い。妹の遺体を、猛々しく葉先を伸ばす、一面水田の中の、五坪ほどの石のカマドで荼毘《だび》に付した。炭一俵、薪《まき》二把《わ》、枯れた大豆の枝葉で焼き、人間を骨にするための、ふさわしい燃焼温度など知らない。爪の先ほどの骨しか残らなかった。夜道を戻ると、町の方角が明るい。ぼくは炎上の火と、とっさに受けとった。この灯は、二十一日、ようやくこの町にも、灯火管制解除の、天皇の思し召しが届いたのだ。二十二日、見知らぬ老婆が、紡織工場の、二メートルほどの高みにある小窓の、硝子《ガラス》の破れを示し、この冬、あの高さまで雪が積った、はっきり、「あんた、冬、ここおられへんよ、そんななりで」といった。昭和十九年から二十年にかけての冬、全国的に雪が多く、春江も常ならせいぜい三、四十センチらしい。ぼくには戦災者特配の毛布二枚だけ、神戸育ちだから、二メートルの積雪など想像できないが、ようやく空襲の火から免かれたら今度は雪、自分のこれからについて、布団、暖房具、なにより家が無ければ、生きていけないという、あらたな、空襲の一過性ではない、恐怖に愕然とした。これはいつまで続くか判らない。

戦争が終った。終っただけじゃない、無条件降伏。かつてシンガポールにおいて、山下奉文《やましたともゆき》大将が、英軍司令官パーシバルに、イエスかノウかと迫ったのと逆の立場。ただし「無条件」をそう深刻に受け取ったわけじゃない。そもそも降伏が、敗戦がまったく理解できない。敗けたことのあらわれは、近くに駐屯していた老兵部隊が、十六日、勝手に解散したという噂で、少し理解した。この時、各自、衣服食いものを持ち出し、隊長は「大八車《だいはちぐるま》で運びよったらしい」とつぶやく、大人たちの無表情、自嘲《じちょう》の色を覚えている。

とにかく、火傷を負った養母、祖母の許へ帰らなければならない。原子爆弾から逃げるすべはないが、通常の空襲なら、なんとかかわし得る、というよりも、警報発令となったら、一目散に、まず安全な横穴壕へ走りこんでいた。だが、雪は逃げようがない。八月三十一日午前十時頃、大阪行き北陸本線に乗った、一月前の夜行列車の混み具合いよりましだったが、まるで敗残兵のため用意してあった如き、あるいは軍の備品に、このテのものがあったのか、縦横六十センチ長さ一・五メートルの箱を毛布でくるみ、生家へ戻る兵士たちの、いちように抱えこんだ荷が邪魔っけ。兵士はみな生き生きしていた。中には、精鋭にふさわしい年の者もいた。一人として、口惜しがっている者はいない。その表情に何の翳《かげ》りもなく、帝国軍人として、肩で風切っていた半月前より、なお居丈高《いたけだか》だった。夕刻大阪駅へ着き、朝、蒸した糠団子《ぬかだんご》は、すでに糸をひいて食べられなかった。十九年秋から、春江へ落ちのびるまで、何度もこの駅、プラットフォームに降り立っている、常に入隊する同学年生を送る、学生の群れがひしめき合い、ぼくにも、下品に思える、初めて聞く唄を合唱、たいてい輪の中で一人が踊る、召された学生、ポツネンと立ち、家族は離れた場所にいた。玉音放送後半月、駅前の、まだ夏の盛りにもかかわらず、いくつも焚火《たきび》の火、人影はしかと判らぬがさながら山賊のたむろする態《てい》。フォームは怒号と罵声、民間人の男はゲートル、女もんぺ姿、ひきかえ除隊した兵士たち、生地《きじ》の際だって長い軍装姿、その襟元をはだけ、ゲートルは捲《ま》いていない。猛々しく女子供老婆を押し分け、列に割り込んできた。これを止めたのが、年の若い補助憲兵の腕章を袖《そで》につけた男二人、乱暴な、本来ならまだ現役の兵士をものもいわずなぐり倒し、倒れた足弱を助け起す。たったこの場面だけで、やがてコテンパンにいわれる憲兵についての糾弾のたびぼくは、弁明してやりたい気分になった。春江行きの頃、すでに何かを待って整然と行列をする習慣は崩れていたが、いちおうあからさまな横からの押し込みは、ひかえていたし、弱い者をかばうことはした。その、わずかな気遣いさえまず除隊した帝国軍人から失せ、それをかろうじて維持しようと、体を張っているのが、若い憲兵たち。戦争に負けたということを、大人がどう受けとめているのかが、ようやく都会に戻って、周辺のいちいちを確めつつ、ぼくはさらに混乱するばかり。

大阪駅から国鉄、私鉄を乗り継ぎ、守口町へ。元飯場《はんば》だった粗末な小屋のガラス戸を開けるとまだ手足包帯だらけの養母がいた。顔の右側が火傷でひきつっているせいか無表情、

「恵子ちゃんは?」

「死んだ、急性腸炎だとお医者さんは言ってたけど」

「かわいそうに」

と、表情を変えずにつぶやく養母に、ものすごく腹が立ったのを覚えている。

「かわいそうに」と言われたって、どうにもしょうもなかったという思いと、やはり自分を責める気持もある。きびすをかえし、当てはないが、今、来た道を戻りたい。行方不明とされたままの養父を、ようやく思い出した。六月五日からこの夜まで考えようとしなかったのだ。ドロップ罐《かん》の中に入った妹の骨を渡し、捨てずに持ってきた、もう糸を引いた糠団子を、祖母と養母とが、むさぼるように食べているのを、ぼんや

り眺め、戦争に負けたというよりも、空襲で家を失い、一家の支えであった養父を失った現実に、「火」から「雪」に象徴される逃げようのないこれからの日々の、あらましが判った。祖母は食べものを探し、東奔西走のうち、転んで、寝たきり。

連合国軍が進駐

ぼくが春江を発つ直前の八月二十八日、連合国軍の先遣部隊百五十人が厚木飛行場に到着。遅れて三十日、最高司令官マッカーサーも厚木に到着、横浜のホテル・ニューグランドに入った。連合国軍総司令部（GHQ）が東京に移るのは、九月十五日のこと。

この先遣部隊の到着に際して、後に笑い話のようなエピソードを聞いた。もともと二十六日に予定されていた厚木到着が、台風のため二十八日に延期されたのだが、これを「神風が吹くのが遅すぎた、もう少し早ければB29の大編隊を吹き落としていたのに……」と真面目に悔しがった者が、かなりいたというのだ。日本人は戦争をしていない。

昭和二十年は、台風の当り年で、九州に大きな被害を与えた枕崎《まくらざき》台風をはじめ、巨大な台風が幾度も敗戦国を襲った。このため、それでなくても人手不足、肥料がなくて、ただ地方のみにたより、危っかしかった稲作は被害を受け、稀《まれ》にみる大凶作。その後の食糧事情の急速な悪化を助長。

マッカーサー元帥の到着とともに、新聞の論調は、これぞまことにがらりと変身する。軍閥の腐敗、大本営発表の虚偽、精神論を楯に戦争を遂行しようとした政府の頑迷固陋《ころう》を叩き、敵国アメリカがいかに物量に富み、合理性を重んじ、勝つために、大所高所よりの戦略を取り、また、大和魂を凌駕するヤンキーの魂、初めから日本に勝てる見込みなどまったくなかったと、解説する。

こうした風潮に、風太郎は九月一日の日記の中で、「さて、この新聞論調は、やがてみな日本人の戦争観、世界観を一変してしまうであろう。今まで神がかり的信念を抱いていたものほど、心情的に素質があるわけだから、この新しい波にまた溺れて夢中になるであろう。——敵を悪魔と思い、血みどろにこれを殺すことに狂奔していた同じ人間が、一年もたたぬうちに、自分を世界の罪人と思い、平和とか文化とかを盲信しはじめるであろう！」と皮肉をいう。夢声は、八月三十日の日記で、「大本営発表が嘘八百だったという話、——こんな話は信じたくないが、そうかもしれないという気がしなくもない。嘘八百とまで行かないにしても、嘘四百ぐらいには行ってるかもしれない。（……）この勝負にならない戦争を、とにかく最後の御詔勅の日まで、日本が勝つと思いこましていた（国民の大多数に）腕前は、まさしくエラいと言えばエラい。がまた、ヒドいと言えばヒドい。（……）ポツポツと責任上切腹する軍人があるが、今更《いまさら》切腹したところで、何になるんだと申したい」と憤る。

「一億総懺悔」のポスター

これと前後して、東久邇宮稔彦《ひがしくにのみやなるひこ》首相が、敗戦の原因について、原爆の投下とソ連の参戦、戦時統制の行き過ぎを指摘した上で、次のような政府見解を発表。

ことここに至ったのはもちろん政府の政策がよくなかったからでもあるが、また国民の道義のすたれたのもこの原因の一つである。この際私は軍官民、国民全体が徹底的に反省し懺悔《ざんげ》しなければならぬと思う、全国民総懺悔をすることがわが国再建の第一歩であり、わが国内団結の第一歩と信ずる

（朝日新聞、昭和二十年八月三十日）

有名な「一億総懺悔」強制である。今、あらためて読んで、腹が立つというより暗然たる気持が起る。

新聞記事などで、政府の無策・非合理による敗戦に気付きはじめた国民。そのうちの少からぬ人々が、言われるままに兵隊となり、言われるままに防空壕を掘り、敵の攻撃や空襲を受け、肉親や知人を殺されている。殺されないまでも、徴用などで不慣れな工場勤務に就き、そこで怪我をしたり病気になった者を、ぼくは何人も知っている。そうした一人一人の、どこに不手際があったというのか。実際に、大多数の人々は、沖縄を除いて敵と対峙《たいじ》していたわけでもなく、また、銃弾とびかう戦場を体験したわけでもない。戦争に参加している自覚すらなかった、と思う。

指導者の責任を棚上げにし、その半ば以上を国民に負わせた「一億総懺悔」論の意図は何なのか、敗戦の原因は、「政府」の「政策」の誤りと、「国民」の「道義」のすたれ。厚顔無恥、傲慢《ごうまん》これに勝る文章はない。これほど虚仮《こけ》にされて、国民は怒らない。それぞれが、ひっかかえた「敗戦」と向き合い混乱しつつ、日々の生活を維持するのみ。

ぼくがはっきり記憶しているのは、人の波でごったがえしている大きな駅の柱に貼ってあったかなり古びた「一億総懺悔」のポスター、といっても新聞紙に墨で記された文字。その下に、何枚もの同じ類いが重ね貼りしてある。一枚剝《は》がせば「詔書必《ひっ》謹《きん》」。玉音放送の直後に使われた言葉で、ありがたい詔《みことのり》をいただいて、ひたすら恐《きょう》懼《く》。行動を謹《つつし》むようにとの意味。つまり、軍の反乱や暴発を押しとどめようというもの。世間一般には、さだめとして受け入れろであろう。その一枚下には「一億特攻」、「一億玉砕」。指導者が作る標語は次々に変るが、すべてでまかせ、いうだけならタダの責任回避。そして、「芸妓ダンサー募集　平和日本建設のため」というポスターが貼られ、三食部屋付きという但《ただ》し書き。これも見ている。駅構内ではなく焼跡の、残った電柱。当時は何のことか、まったくわからなかった。

神戸の街へ

守口町に着いた二日後の九月三日、ようやく重くのしかかってきた現実と、否応なく直面。ぼくは、自分を取り戻すためには学生に戻るしかないと、そうはっきり自覚したわけじゃないが、逃げ出すように家を出て、やはり六月五日焼け落ちた、神戸の中学校へ向った。二時間以上かけてたどり着くと、校庭の隅で同級生たちが、かつて掘らされた防空壕を、焼け落ちた校舎の瓦礫《がれき》で埋め立て。また校庭の芋畑の草取りをしているのもいる。みな、まったくの投げやり、教師の姿はない、登校しているほとんど、焼けなかった連中。疎開先から戻ったので復学したい旨を伝えに教務課へ行くと、つい数ケ月前まで、敵国語を教える肩身のせまさ故か、ことさら軍国主義ぶりを発揮していた英語教師が、今度はひどく誇らしげな目でぼくの顔を見る。戦時下、軍関係の学校へ進学のためか、英語の授業は、ぼくの中学の場合、まったく減らされなかった。「これからは英語の世の中だ」、そんなふうに思っているのが、ありありと感じられる。つまらなそうに防空壕の埋め立てをする同級生を横目に、ぼくは街へ向った。

　神戸は坂の街である。中学校は山の麓《ふもと》にあり、そこから市の中心部を見下ろすことができる。すべて焼き払われ、国鉄の高架線が目立つ。国鉄の灘《なだ》駅の近くまで建物らしい建物は何にもない。よくみれば、デパート、海岸近くのビル群は残っていたのだが、印象としてまっ平《たいら》だった。坂を下るうち、小さな四つ角に人だかり。空襲で焼かれた砂糖をドラム缶に入れて沸かし、一杯五十銭で売る。多分、このあたりが闇市のさきがけであろう。

　空襲直後にも確認はして、金を下ろしてきたのだが、預金について、調べてくるよう、養母から頼まれていたのを思い出し、銀行に立ち寄った。住友銀行三宮《さんのみや》支店。空襲で何もかも焼かれ、通帳も印鑑もないのだが、窓口の銀行員がぼくの顔と名前を覚えていてくれた。そういう事情ならばと、正確に覚えていないが、十円札十枚以上を、ポケットにねじこんだ。昭和十年代初め、大卒の初任給六十円、しかし、ぼくは、十四歳になりながら、ほとんど金についての認識がない、およそ現金を持たされず、中学生となって、初めて、一円札を定期入れに納め、万一の用心のため。

三宮の駅近くで、今度は経木《きょうぎ》のような形をした芋菓子を売る屋台を見つけた。まっ黒で小さな芋菓子三個で一円という値段が、高いか安いかもわからぬままに買い求め、これが甘くて美味《おい》しい。その場で十円分を買い、食べながら歩きつづけた。それまで買い食いの経験がなかった。守口の家族に持って帰ろうとは露《つゆ》ほども思わず、十円分の芋菓子すべて一人で食べた。

神戸の中心街、デパートのそごう、大丸は焼け残り、元町は全部焼けていた。海岸通りのビル、半ば火が入ったらしく、窓枠黒ずんで、神戸駅は残っている。湊川《みなとがわ》神社は三月十七日に全焼。ひたすら歩きまわり、夕刻、守口に帰った。養母に、以前の住いの跡はどうなっていたかと聞かれ、「明日見てくる」と答えた。念頭になかった、いや、近づくのが怖かった。祖母に、ポケットに無造作に入れてあった十円札の束を見つけられ、祖母はそろそろ形をあらわし始めたインフレをまったく知らない。心底、仰天《ぎょうてん》して、とり上げた。また銀行で下ろせばいいのだ、まったく気にならなかった。

戦争は終った、いや日本は負けた、だが負けてどうなるのかを教えてくれる大人が周囲にはいない、いや大人にも判らない。学校は戦時中のまま、銀行で貯金が下ろせる、金で空腹を満たすこともできる……これが昭和二十年九月三日の記憶。

前日九月二日、横須賀沖の米戦艦ミズーリ号上で、重光葵《しげみつまもる》外務大臣が政府を代表し、降伏文書に調印。この日をもって正式に、日本は敗戦国となり、連合国軍の占領下に置かれることになる。ぼくはまったく知らなかった。

同日、作家海野十三の日記。

○本日午前九時十五分、東京湾上の米戦艦ミズーリ甲板《かんぱん》上にて、わが全権重光（※葵）外相、梅津（※美治郎）参謀総長は、連合軍総司令官マッカーサー元帥らの前に進みて、降伏調印を終る。
かくて建国三千年、わが国最初の降伏事態発生す。
○この日雨雲低く、B29其の他百数十機、頭上すれすれに、ぶんぶん飛びまわる。
○サイパン放送局の祝賀音楽聞こえる。
アナウンサーは「今上陛下」という言葉を使う。あたり前のことであるものの、最初ちょっと意外に感じた。
○降伏文書調印に関する放送も、二度聞くともうたくさんで、三度目、四度目はスイッチを切って置いた。飯がまずくなる。

山田風太郎も日記の中に、「日本は今日より独立国としての存在を失ったのである。風はなく、樹の葉も動かず、町は悪夢のような暗い雨もよいの光の中に沈んでいる。沈鬱な顔で耳を傾けている人々。……しかしこの日の結果する恐るべき苦難と恥辱は、まだ各自の肉体には直接に迫ってはいない」と書き記した。

ぼくの見聞した限り、この日をもって「敗戦」が決ったと、深刻に受けとめ、行く末を案じる者など、まったくいなかった。大阪市郊外の北河内《きたかわち》、農村部がここから始まる守口、さらにいえば三郷町北寺方《さんごうちょうきたてらかた》の住い近辺、敗戦景気、つまり食いものの闇ルート供給地として、活気は天を衝《つ》く勢い、この主力は、復員兵たち。

参考文献

大佛次郎『大佛次郎 敗戦日記』草思社、一九九五年
徳川夢声『夢声戦争日記抄 敗戦の記』中公文庫、二〇〇一年
山田風太郎『戦中派不戦日記』講談社文庫、一九八五年
伊藤整『太平洋戦争日記 (三)』新潮社、一九八三年
海野十三『海野十三敗戦日記』橋本哲男編、講談社、一九七一年

第七章　混乱の時代のはじまり

養母、祖母と暮していたのは、大阪市郊外、三郷町北寺方《さんごうちょうきたてらかた》という、当時は畑や水田が広がる小さな村。空襲で死んだ養父は、昭和十九年秋、はっきり日本の敗戦を予測していた。かつての、ドイツの例を、二十歳前後でみている、インフレを考え、食いもの、衣料不足を想定、敗戦後、ここで靴下工場を営むつもり、工場を買い、家を借りていた。本業は石油輸入、これは、しばらく成り立たないと踏んだのだろう。何度か連れて来られたことはあったが、土地勘はほとんどない。松下の乾電池工場が目印だった。

ところが、戦時中は寂しいだけの村は、九月に春江から戻ってみると、様子が違っていた。村は、大消費地大阪への食料物資の供給地として大いに賑《にぎ》わい、夜ともなれば、闇で儲《もう》けた金で連日宴会、酒盛り。祖母、養母の住む薄暗いあばら家の数軒先きの家が、闇物資の集散地になっていて、そこへ荷を集め、運び屋と呼ばれる男たちが、リヤカーで大阪市内へ移動させる。身動きのとれない大火傷の養母、腰の抜けた祖母との日々、ぼくなりに突っ張りつつ、実はまったくの無力。闇屋や運び屋、手に職を持つ大人、いや体力さえあればわが世の春を、それぞれそれなりに謳歌《おうか》できるのだ。十四歳の世間知らずは指をくわえてみているほかない。ぼくにとっての「敗戦」の記憶の一つ。羨望《せんぼう》、屈辱感はない。ただ、人間食うことが大事と、思い知った。食うために、人間の誇りなど、なんぼのもんじゃ。これは、今にのこる。

自由を謳歌する復員兵

若い男の数が、目に見えて増えていた。復員兵、工場動員から戻った中学二年生以上の連中。

ただ、九月初頭、まだ東南アジアや中国にいる兵隊は復員していない。彼らが戻ってくるのは、九月末以降のこと。満州（中国東北部）やシベリアからの復員は、さらに後。敗戦直後の復員兵は、年齢でいえば満十八歳から二十歳までの、軍人養成学校戻り、あわただしく召集されたものの、外地へ行く船もないまま、本州に留まった若者と、四十歳前後の老兵。いずれも本土決戦のため米軍上陸を体で阻止する棄《す》て石、海岸近くの浜に壕を掘ってトーチカ、山に同じくして要塞、こんなもの、艦砲の一斉《いっせい》射《しゃ》で粉砕されることは判り切っている。とにかく塹壕《ざんごう》を掘り、一人でも二人でも敵兵を倒せと命じられていた人たち。早ければ八月十七日、おそくても二十五日までに、部隊は解散。恐らく軍の備蓄品だった罐詰《かんづめ》や米、砂糖などの物資を詰め込み、グリーンの毛布で包み、それを背負ってどんどん復員してきた。誰もかれもが同じ格好をしていた。この出鱈目《でたらめ》な現地解散は、本来なら軍規違反も甚だしい。十五日はあくまで撃《う》ち方止《かたや》めなのだ、ポツダム宣言受諾、その相手方の忠実な施行を見届けて、解散、もし約束を破ったらまた戦う、これが本来。ぼくは終戦の日とやらの八月十五日のたび、旧軍のいい加減さを思う。切実に、さらに早い敗戦受け入れを考える。自分のことでいえば、勝手だが、三月十日の東京大空襲で、玉音放送があれば、養父は死ななくて済んだ。サイパン陥落で止めていれば——。

作家高見順、八月二十八日、「電車に乗るとひどい混みようだった。復員の水兵が大きな荷物を持ち込んでいる。これが癇《かん》にさわる。普通乗車券の発売停止の間になぜ乗らないのだ。一般乗客を禁止して復員のための電車を特別に用意している間になぜ乗らないのだ。そんなことが腹が立つ。それにその大きな荷物はなんだ。まるでかっぱらいだ。毛布を何枚も持っているのがある。兵舎にあるものを何《な》んでも持ち出している。乾パンと罐詰の山。なぜ戦災者にわけないのだ。飢えている壕生活者に与えないのだ。軍隊のこの個人主義。癇が立つ。水兵が汚いのも、癇にさわる。まるで敗残兵だ」。

作家海野十三、八月三十一日、「復員兵が厖大《ぼうだい》なる物資を担《にな》って町に氾《はん》らんしている。いやですねえという話。それをきいた私も、大いにいやな気がした。しかし今日町に出て、実際にそれを見たところ、ふしぎにいやな感じがしなかった。しなかったばかりか、気の毒になって涙が出てしようがなかった。十八歳ぐらいの子供のような水兵さん、三十何歳かの青髯《あおひげ》のおっさん一等兵、全く御苦労さま、つらいことだったでしょうと肩へ手をかけてあげたい気持がした」。

北寺方も、彼らの天下だった。体力のある復員兵には、手に職はなくても、仕事はあった。闇物資に手づるはなくとも、リヤカーを引いて大阪まで荷を運び、帰ってくる、往復ほんの四時間ほどの作業で、六十円とか七十円という、当時の大卒の月給並みの金を、日当としてもらえた。彼らが、本当にうれしそうに話しているのを聞いた。彼らは、その金で好きなものを食べ、酒を飲み、自由を謳歌していた。

食料品に限らず、何でも売りものになる時代だった。これも聞いた話だが、荷馬車一台に材木や板を積み込み、空襲で焼野原になった大阪へ持っていくと、板切れ一枚が五円くらいで売れたという。本来ならば、一枚何十銭の価値しかないはずだが、そんなとんでもない値段で飛ぶように売れた。焼跡にバラック小屋を立てたり、それまでの防空壕を補修して仮住いとなす、その材料として板や材木の需要が高まり、値段高騰、大火の後の決ったこと。ただ、どんな富豪であろうと本普請《ほんぶしん》は無理、まだ大工、左官、棟梁《とうりょう》不在、家造りの仕組みが戻っていない。何かを手伝うわけでもなく、日がな一日、荷馬車に板片《いたき》れを積み、大阪との間を往き来、何百円を手に、夕刻、酔って戻る。まさに乱世。威勢のいい若者は数少い、大多数は、ただ、腹を減らしてうろうろするばかり。ぼくもその一人。

占領下の日本

高見順、九月六日。

大東亜戦争の陸海軍の人員損耗《そんもう》が発表された。戦死および戦病死——約五十万七千余。本土空襲被害。死傷者・五十五万余。罹災者・八百四万五千余。

神奈川県の女学校、国民学校高等科女子生徒の授業を所によっては停止することになった。進駐兵の横行に対する処置なのだろう。

立川に進駐した米軍は左のような「注意」を、警察を通して出した。

△当分の間追って指示あるまで一般市民は日没より日の出まで屋外外出厳禁△警察官全員は制服を着し帯刀は差支《さしつかえ》なきも夜間は提灯を携帯すること△全管内に対し何分の命《めい》あるまでは酒類の配給販売を禁ず△市民はアメリカ製の衣類、食物、煙草《たばこ》、家具什器《じゅうき》、自動車等を入手使用することを禁ず、但《ただ》し従来より個人の所有にかかるものは差支えない△アメリカの軍隊より物品買受交換をしたるものは死刑又は廿年《にじゅうねん》の刑罰に処す△市民はアメリカ人を尊敬すべし△市民の乗車せるあらゆる車馬はアメリカ人の自動車を追越すべからず違反者は射殺することとあるべし△爾後《じご》治安維持警察行政につき必要ある場合は警察署長を通じて命令す

館山にアメリカの軍政が布《し》かれた。初めての軍政である。

連合国軍総司令部（GHQ）は九月十日、言論や新聞の自由に関する覚書を政府に交付する一方、翌十一日、東条英機《ひでき》元首相ら三十九人の戦犯容疑者の逮捕を決定。東条はピストルで自殺を図るが、失敗する。十月の徳田球一《とくだきゅういち》を始めとする、治安維持

法などで、刑務所へ入れられていた思想犯釈放も、GHQの指示。それまでと比べ、風通しがよくなったと思えると同時に、被占領国という立場が、少しずつ鮮明になってくる。日々の暮しに追われ、現実というものに興味を失われつつあった庶民のもっぱらな関心は、もしアメリカ兵が目の前にやってきたらどう対応するか、昨日までの鬼畜なのだ、婦女子は陵辱《りょうじょく》され、兵隊だったものは暴行を受け、家財は略奪に遭うなど、憶測や噂が飛び交ったらしい。北寺方にこれはない。

作家永井荷風、九月九日、熱海《あたみ》での日記、「新聞紙上米兵の日本婦女を弄《もてあそ》ぶものありとの記事を載す。果して事実ならばかつて日本軍の支那占領地においてなせし処《ところ》の仕返しなり。己れに出でておのれにかえるものまた如何《いかん》ともすべからず。畢竟《ひっきょう》戦争の犠牲となるものは平和をよろこぶ良民のみ。浩歎《こうたん》に堪《た》えざるなり」。十日、「鄰家《りんか》の人昨日東京まで用事あり、最終の列車にて熱海に帰らむとする途中、藤沢の駅にて米兵の一隊四、五十人ばかり乗車せむとせしが客車雑沓《ざっとう》して乗るべからず。米兵日本人乗客を叱咤《しった》し席より追払いて乗り行きたり。おろされたる日本人乗客はその列車既に最終のものなればやむことをえず一夜を駅の構内にあかし今朝未明の汽車にて漸《ようや》く家にかえりしとの話なり。これかつて満洲にて常に日本人の支那人に対して為《な》せし処。因果応報、是非もなき次第なりという」。

周辺で新聞は読めず、ラジオを聞くこともほとんど不可能、持っていないか、故障中（これは春江も同じ）。米軍の進駐は知っていたが、それがどのような形で自分や家族に関ってくるのか、まったく見当がつかなかった。あとで知れば、連合国軍進駐以前の新聞には、「敗戦国民として毅然とし、米兵に卑怯なふるまいをしてはいけない」とか、「日本軍が占領地でやったと同じように、米兵も獣のようにふるまうので注意すべし」というような記事もあったという。変って九月以降は、アメリカこそ素晴らしい国で、いかに日本が劣っていたかを、新聞でもラジオでも盛んに喧伝《けんでん》していた。しかし、男たちで賑わう村には、中学生の子供をつかまえて、そんなことを教えてくれたり、話して聞かせるような大人は一人もいない。誰もが、自分のことだけで手一杯だった。ぼくが米兵をみたのは九月二十五日、三宮駅前、この頃、その規律正しいことが強調され、敗戦の民に、理不尽をしかける脅《おび》えは、まったく消えていた。「キュウキュウと日米親善」の見出しを新聞にみたのもこの頃、つまり、サンキュウ、エクスキュウズの、キュウ二つが、肝心と教える。この見出しほど、腹立たしく思えたものはない。

山田風太郎、九月十九日。

○横浜より帰れる安西の話。
マッカーサーが安西の家の前を通って厚木飛行場から横浜へいった。通行は一切禁じられ、銃口を四方八方に連ねて向けたまま通過していったという。

進駐軍の焼跡整理は機械力をいかんなく発揮した凄《すさま》じいもので、京浜市民は口をあけて見とれ、結局「何につけてもかなわない」という感想に陥っている由。敗北感は何よりもまずこのことから始まっているらしいとのこと。

子供達は敵のジープが通ると万歳を連呼する。米兵はチョコレートや煙草をばらまき、子供のみならず大人までが這《は》い回って拾っているのを、大口あいて笑って見ているという。

夜、アメリカ兵が民家に押入って来て、簞笥《たんす》などひっかきまわしてゆくが、お雛様などならべておくと、これだけ取ってゆくから厄《やく》除《よ》けになるという。デパートなどにゆくと反物《たんもの》を持っていって、代りにタバコを一つぽんと置いてゆくという。

ジープに乗って走っていて、女がいると騒ぐ、手を振る。ふつうの女は真《ま》っ蒼《さお》になって逃げるが、花柳界の女たちはもう手をつないで本牧《ほんもく》あたりを歩いているという。

あらゆる機種のアメリカ機が毎日京浜上空を飛び回っているという。

アメリカ兵はゲートルなどはかず、鉄砲は肩にぶら下げ、チューインガムをかみながら歩いているが、その動作は実に柔軟敏捷《びんしょう》だという。

○今思うのだが、日本人のゲートル、あの面倒くさい手数は、あれはいったい何だったろう。鉄砲に対してもまるで神器でも扱うようなシャチホコバリぶりはいったい何だったろう。

大阪や神戸の町にも、ローマ字標示の看板が増えてきた。駅名、大通りの名、店名、業種……これらがローマ字で標示される。その看板の下に、ボロ布のような服を着て、うつろな目をしてしゃがみこむ戦災孤児たち。

九月下旬には、文部省の通達により、小中学校で使われていた教科書の軍国主義的な表現の墨塗りが行われているが、ぼくは、これを体験していない。毎日学校へは向う。しかし、そこでの作業、というより焼かれなかった連中、家族つつがなく壕住《ごうずま》いの同級生を考えれば、つい、近くまで行きながら、これだけは火に残った石造りの校門から足がそれて、神戸中心部の焼跡を、あてもなくうろつくことになる。敗戦とは何か、占領されてどうなるのか、それを教えてくれる大人は、学校にもいない。敗戦国日本の風景は、焼跡だらけながら、日々、微妙に変っていった。人間の顔が変っていった。耳にするぼくにすれば、態《てい》をなさぬ、片言隻句《へんげんせっく》が変った。自分の眼で確め、敗戦を納得する。

悪化する食糧事情

戦争中は食べ物がなくて大変だったといわれるが、本当に食いものがなくなったのは、まず十九年秋以降から。十八年二月、神戸オリエンタルホテルで、結婚披露宴に欠けることなきディナーが供され、十九年春、中華料理フルコースをぼくは食べている。敗戦前二ヶ月、大都市の住民はまさに飢餓線上。後、二ヶ月、戦争がつづいたらぼくは餓死していた。鏡に確めたわけじゃないが、全身に湿疹、常にだるい。しばしば立ちくらみ。昭和十九年の秋までは、一日一人二合《ごう》三勺《しゃく》の割当て、きちんきちんと米の配給があった。一日に二合の米……今ならば多すぎるだろう。当時の日本人は平均して一日三合といわれていた。兵士は六合、船頭、木こりは一升。米だけじゃなく雑穀も混る。台湾沖航空戦の後、米軍のレイテ上陸から米の配給が滞りはじめ、代用食としてまずパンや小麦粉。これはすぐ大豆、麺類、芋に変る。ぼくは養父の関る業務のせいで、まったく食べ物には不自由しなかった。中学同級生たちも、弁当をみる限り、六月まで、飯。世間一般、昭和二十年の三月、B29による大都市への無差別爆撃が始まると、状況は一転する。その年の六月くらいから配給は遅配から、これが三週間で欠配、つまりナシとなって、配給があっても質は極めて粗悪、人間の食べ物にほど遠い。そして敗戦。大日本帝国のもと、まがりなりにも機能していた配給網は混乱を極め、自分で食べる分は自分で探すほかなくなった。

加えて、この昭和二十年の夏から秋は、日本列島を頻繁に台風が襲った。北寺方から神戸に行く間、車窓から見える水田（当時は阪神間に水田がたくさんあった）では、稲が冠水倒伏《とうふく》して、藻《も》のように水の中にゆらいでいた。この風景は悲しかった。早く水を引かせなければ、稲が腐ってしまう。男手がないので、できなかったのだろう。豊作の年で六千万石といわれた米の収穫量は、この年、その三分の二に落ち込んだ。秋から冬にかけて、米は一段と高級品になった。米さえあれば何でも手に入る、米があればお金が買える、「米本位制度」の復活、江戸時代に戻った。

つまり、日本人が本当に腹を減らしていたのは、昭和二十年のせいぜい三月より後のこと。一つのピークが、その年から昭和二十一年にかけての冬。飢えと寒さ、そこに発疹《はっしん》チフスという不衛生からくる病気が重なり、子供や老人がたくさん亡くなった。医者に見せても薬もない、あっても高くて手が出ない。この時期の犠牲者の数を政府は調べていない。ドイツはきちんと把握、遺族に手当ても出したという。

この時代に、生き延びることができたのは、とりあえず本土決戦のための軍の備蓄米放出。それに、農家が凶作の年のためひそかに貯めていた米を、町住いの所有する品物、主に繊維製品と交換してくれたため。セーター一枚で芋五貫目、米なら二升。これは地域差が極端に大きい。北寺方の連中は、大阪が近いから、当然、交換について、よく眼がきいた。モーニングを着て野良仕事をする人もいた。ぼくは、今もってボロボロの衣類は何でも貯めこむ。金に執着はない、いざとなれば米、人間関係も含め、これがいちばん。今、所有はできないが、四反歩《たんぶ》の耕作権を持っている。セーターを捨てることができない。

闇市で見たお節料理

十月になると、露店の市場が各地にできはじめた。東京は新橋、新宿、大阪では大阪駅前、鶴橋《つるはし》疎開地跡、難波《なんば》、神戸なら、三宮から元町まで高架線沿い海側、が有名。

そして、すべての駅前に、必ず闇市があった。

高見順、十一月九日。

新橋で降りて、かねて噂の高い露店の「闇市場」をのぞいて見た。もとは、明治製菓と工業会館の裏の、強制疎開跡の広場にあったのだが、（あった？　自然にできてきたのである）二、三日前から、反対側のもとの「処女林」、その横のすし屋横町の跡に移った。駅のホームから見おろすと、人がうようよとひしめいていて、一種の奇観を呈している。敗戦日本の新風景、——昔はなかった風景である。

駅を出ると、その街路に面したところに、靴直しがずらりと並んでいる。それが一線を劃《かく》していて、その背後の広場が、「闇市場」になっている。すでに顔役ができていて（顔役は復員兵士とのこと）場代を取り、値段が法外に高いと、店開きを禁じたりするとか。子分を数多《あまた》従えているとのことだから、子分を使って場所の整理をしたらよさそうだと思うが、雑然と混然と、闇屋がたむろしている。

「三つで五円」

闇屋の声に、のぞいて見ると、うどん粉（？）をオムレツ型に焼いたものを売っている。ふくらんだ中身には何が入っているのか。隣りでは、ふかしイモ、これも一袋五円。紙袋をちゃんと用意しているが、風呂敷いっぱいくらいしかイモは持って来ていない。女の子二人が恥かしそうに、何か売っている。

いずれも食い物だ。「三把十円」と言っているのをのぞくと、小魚を藁《わら》にはさんで乾《ほ》したもの。十円はいかにも高いので、売れない。風呂敷一つさげて、商売に来ているのである。「店開き」とさっき書いたが、店の感じではない。浅草の食い物屋は、ちゃんと屋台を出しているが、ここはただ風呂敷、カバンなどをひろげて売っているだけである。そのうち「店」になるだろうが。

ぼくも闇市に行くのが好きだった。いろいろな食べ物を見ながら、ただうろうろしていた。神戸大阪で多かったのが、イワシのオイル焼き。戦争末期、漁に出られなかった、大阪湾に、イワシはうようよいたらしい。それを、何のオイルだか知らないが、焼いて出す。あとはカレーライス。異様にごついスプーンを皿に載せ、その上にご飯を盛るものだから、スプーンを引き抜くと、ご飯がぺちゃんこになる。ぼくはいずれも口にしていない。金はあったが、ちょっと、客として立ち混れなかった、まだ坊ちゃん。せいぜい外れの、ふかし芋、材料不明の団子。すいとん、パンは少し後。

メガネをかけた中学生がうろうろしているので、目立ったのだろう。台湾系、朝鮮系の若者に、よく追いかけられた。交番で匿《かくま》ってもらおうとしても、シッシッと手で追い払われる。仕方なく銀行に逃げ込むと、彼らはその中までは追いかけてこなかった。彼らにとって、銀行は縁がなく、その建物に威圧されるらしい。

その年の暮れになると、三宮の闇市では、正月用のお飾りを売っていた。当然、ごまめ、栗きんとん、べったら漬けといったお節料理までそろっている。つまり、何でもあった。金さえあれば、世間一般にとって贅沢《ぜいたく》な食いものも買える。養父の遺した金がある。ぼくはなにやかや求め、一年前に疎開させてあった重箱に、お節料理をつめ、養母、祖母に食べさせた。養母は、これにいくらかかっているか知っている、祖母は心得ない。また、息子の死をまだ受け入れてなかった。

参考文献
高見順『敗戦日記〈新装版〉』文春文庫、一九九一年
海野十三『海野十三敗戦日記』橋本哲男編、講談社、一九七一年
永井荷風『摘録 断腸亭日乗（下）』岩波文庫、一九八七年
山田風太郎『戦中派不戦日記』講談社文庫、一九八五年

第八章　もう一つの「八月十五日」

作家藤原《ふじわら》ていの手記『流れる星は生きている』より、八月十日の記。

泣いているのは私だけではなかった。幾人かの奥さんが泣いていた。眼を閉じると昨夜《ゆうべ》までのありさまが頭に浮かんで来た。昨日まで楽しく暮して来たあの煉《れん》瓦《が》建ての官舎の二階から庭の野菜畑を見下ろしていた落ち着いた気持から、急にこの貨車の上でごとごと揺られているのがとても現実ではないと思われた。夢なら早く覚めてもらいたい。

昭和二十年八月九日ソ連参戦の日、藤原ていは満州の新京（現在の長春）の家から、翌年九月博多に上陸するまで、幼い息子二人の手を引き乳飲み子を背負った、壮絶な脱出の旅に出た。気象台職員の妻の平穏な暮しから一転して、一歩間違えば命を失う危険にさらされ続ける。満州だけではない、朝鮮半島、樺太《からふと》、台湾。ポツダム宣言受諾によって放棄させられた地域に暮していた日本人には、八月十五日は終戦じゃなく、まさしく開戦だった。

サイパンはすでに前年に玉砕し、住民約一万も自決を余儀なくされ戦闘終結。日本本土爆撃のB29の発進基地となっていた。沖縄は昭和二十年四月一日の米軍上陸のあと、六月二十三日には司令官が自決して、組織的戦闘は終ったが、残存部隊の抵抗もあって、正式に降伏したのは九月七日。収容所を転々としつつ、米軍の監視下、一本の樹木も失われた島に、夏の盛りを過ごす生き残りの住民たちに、八月十五日は何の日でもなかった。

日本の生命線

「近代」を「先進国」として看板掲げるには、日本列島、天然資源に恵まれず、いるのは、人間だけ。戦時中、人的資源という言葉があった。世界の列強に伍していくためにいろいろなプランを立て、たとえ横車《よこぐるま》であろうと、押し通さなければならない。関東軍参謀の石原莞爾《いしはらかんじ》が描いた図面は、満州（中国東北部）へ進出するというものだった。近代国家に必要なものは、まずエネルギー、手近かなエネルギー産出国、この場合石炭だが満州にある。昭和六年に満州事変を起し、翌年には「満州国」という傀《かい》儡《らい》政権を作った。この地域には撫順《ぶじゅん》炭鉱という露天掘りのできる大きな炭鉱もあり、鉄鉱石もある。食いものも豊富。鴨緑江《おうりょっこう》に出力百万キロワットの発電所を作り、「満州は日本の生命線」といわれた。ソ連南下をくいとめ、日本の余剰農民を、移す意図も含まれる。日本側からみての、新天地。植民地時代の最後尾を走った大日本帝国の生み出した国。西欧列強こぞって反対したが、彼等が自らの行いをながめれば、そう強くもいえない。黙認の形。

石原莞爾は、「満州国」を作りながら、将来、満州が日本と切り離されてもかまわない、ただ、両国が親しい関係、ちょうどイギリスとアメリカみたいな形であればよいと考えていた。しかし実際には、彼の目論見は、軍の暴走により、日中戦争へといたって瓦解。

東北地方などの、農家の三男、四男には耕すべき土地がない。新天地での開拓を夢見て、大勢が満州へ行った。また、それまで荒れ地だったところに、日本の都市計画の技術者たちが線を引いて、新京とか奉天《ほうてん》とか、今まで東京にも大阪にもなかったような、西洋ふうな新しい町づくりをした。そこには、進取の気性に燃えたというか、新しい国を自分たちがになうのだ、という人たちが官僚として行き、同じ志を持つ財界人が、政、軍、官と密接に手をたずさえつつ、満鉄という大きな鉄道会社を作った。満鉄は今までの日本の組織とは違い、自由な発想を重んじ、右翼も左翼も雇われた。その中の満鉄調査部は、優秀なんだが枠の中に入りきれない、といった人物を引き入れた今でいうシンクタンク。当初、日漢満蒙朝鮮の五族協和が旗印、これはすぐ「名目」に棚上げされ、日本の独裁。

満州の向う側にはモンゴルがあり、さらにソ連。ソ連も隣に強い軍隊がいたら怖い、そこで国境の向う側にたくさん軍隊を配備する。日本もまた、よく訓練され、わが国としては精いっぱい近代的な装備をもつ軍隊を満州に置いた、関東軍という。その関東軍に守られて、新しい天地で現地の人たちと一緒になって、「満州国」という新しいパラダイスを作ろうという、理想だけは確かにあった。なお「関東軍」の呼称は、山海関《さんかいかん》の東から来ていて、今も生きている。向う見ずなふるまいをなす者についての、からかいをこめたアダ名。

あくまで理想、現実はまったく違い、派遣された官僚、軍人が勝手気ままにふるまい、日本以外の「四族《しぞく》」は隷従せしめられ、独立国の体裁ながら植民地。

ソ連参戦

昭和二十年八月八日。ソ連が対日宣戦を通告した。これは、この年の二月に、アメリカ、イギリス、ソ連の首脳が、クリミア半島のヤルタで結んだ、ドイツ降伏後三ヶ月以内に、ソ連は対日参戦するという密約にもとづくもの。翌九日の未明から、ソ連は満州へ兵を進める。中立条約はまだ生きていた。この中立条約の延長を認めないという通告、無効の一年前になされるとり決めだが、ドイツ崩壊の直前になされ、これは子供心にもショックだった。日本は、ヤルタ協定など知らず、最後まで、米英との休戦の仲介を、ソ連に頼みつづける。

満州にいた日本人たちは、関東軍は強いと信じていた。満州においては物資の不足はあまりなく、十八年暮れあたりまで神戸にいたぼくの身辺でも、満州や中国との交易ができているかぎり、チョコレートも洋服生地も手に入った。現地の人たちをないがしろにしたうえでのことではあったけれど、日本内地での給料より、実質的に数倍の暮しぶり。何につけて特権をふるう。大日本帝国の植民地の主たるものは三つ。台湾は、比較的「成功」した例。朝鮮半島は逆。白人は、植民地において、現地人を、はっきり劣等民族とみなし、自分たちとの同化は考えなかった。日本は、植民地とした地域に住む人たちを日本人にしようと努めた。これが反撥《はんぱつ》をかった。そしてまた、白人たちは、植民地に現地人を主体とした軍を作った。同化を考えながら、日本は、これを作っていない。反乱を怖れ、朝鮮、台湾人を、日本軍に徴兵したのは、戦争末期に至ってのこと。満州においては、歴史がない、本来の住民は、それこそ大陸的したたかさ、いつか、侵略者は引揚げると達観。強い日本の軍隊の中でも、さらに精強な関東軍が、戦車と大砲と飛行機で守ってくれる、満州へ移住した日本民間人はそう信じて疑わない。

だが頼みの関東軍の、精鋭部隊は昭和十九年沖縄へ、さらに台湾に転出。また本土防衛のために、どんどん引き抜かれた。残った部隊は装備貧弱、老兵、ソ連進攻後、十三歳の少年が、兵士とされている。そこへ八月の九日、ソ連が猛然と入ってきた。守りきれぬ場合、「民」「官」「軍」の順で、撤収ととり決めていたが、いざとなれば、この順は逆になった。「軍」は今も、連絡不十分のせいと、弁解している。少しはその面もあったろうが、中立条約破棄となって、「官」の上層部は出張を名目に内地へ逃げ、軍の幹部も情勢のあやしくなるにつれ、逃げ出した。これは、はっきりしている。対ドイツ戦が終り、シベリア鉄道で、ソ連軍が東へ大移動を始めたと判った時、残ったのは、下級兵士だけ。最前線で向き合った関東軍はそれなりに戦った。しかし

二、三の例を除き、まず戦闘の態をなさない。彼等も先きを争って逃亡。残ったのは現地で召集された人たち。広島、長崎に原爆が落ち、八月十五日、玉音放送。内地にいたぼくらにとっては、この日で戦争は終ったが、満州に残された民間人にとっては、それまで見下していた現地人の中に取り残されたわけで、つまり、十五日から、戦争が始まった。

終りではなかった八月十五日

藤原ていは八月十五日に、現在の北朝鮮の宣川という町で、避難生活を送っていた。手記の八月十五日の項には、敗北のショックと、それに続くそれ以上の「不安」がはっきりと描かれている。

青い顔をした戸野さんの口から戦争が終ったのだと知らされたのはその直後であった。
戸野さんの眼から涙がぽつりぽつり落ちるのを見ていると、突然ヒステリックな声で泣きだした女があった。神経が細く細くとがっていて、ちょっとした刺激でもすぐ感じるようになっていた私たちは、一人の女の泣きだしたのに同調して泣きだした。私は新京出発以来何度となく泣いた。そしてこのニュースを夫がどこで聞いているかを思うと、また泣けてくるのだった。

別の不安が私たちの間にすぐ湧き上った。それは直接死に直面しているような恐怖感から来るものであった。日本は負けた、すぐその後に何か起るに違いない。その起るものを極度に誇張して考えた私たちはいつでも逃げられるように用意をして十五日の夜を迎えた。私は咲子を背負ったまま坐っていた。逃げるとすればこの僅《わず》かなリュックサックの全財産を捨てねばならなかった。

同じ項には、すでに食料が乏しくなる中で、避難民の中でも、軍人の家族が私物をたくさんもっていて、「行李《こうり》の中からは缶詰や砂糖やいろいろ出て来て、楽しそうに食べている姿がうらやましかった」とも記される。

同じ十五日、長野県出身の開拓団員、川浦一雄はまさに命からがらの逃避行の最中にあった。

各自炊飯朝食八時出発。行進開始するに直後ソ連機三機に襲われ機銃掃射を受ける、馬が驚きて逸散するなど混乱する。以後数次にわたり行進中襲撃を受け待避を繰返しつつ難行を続ける。ようやく天気恢復《かいふく》して暑熱きびし、ひたすら歩む。大東開拓団にて休止、ここもすでに引揚げ後とて人の姿も見えない。ざつぜんと荒廃する事務所内に惨死体一個遺棄しあるのもぶきみ。ここにて昼食用意、休止中もソ連機数回通過する。そのつど待避する。午後五時行進を起す。ゆくてはるかの荒野に、いましも赤い夕陽が静かに沈まんとするこの景を眺めて、惻々《そくそく》として逃避行の心細さが胸迫る。この苦難いつ救われるものか。目ざすは勃利《ぼつり》への大街道三叉路《さんさろ》へ、日はすでに暮れて夜空に星の見えそめたころ、前方から義勇隊の伝令があって、事態は険悪をきわめつつある、この地点において戦闘が開かれるかも知れない、急いでこの地点から数キロ離れろとのことに一行は駆ける。駆ける。目的地は三叉路へ、暗夜の頭上に青白い閃光を放って信号弾が光る、時間はわからないが目的の三叉路につけば、日本部隊の守備に守られ安全地帯であるとの希望を頼みにようやく命からがら三叉路にたどりつく。やれ一安心と息つく間もなくこの大幹線道路もまた地獄の道であった。国境守備の虎林《こりん》部隊の撤収と一般開拓団の避難者とで暗黒のなかで見定めはできないが、この大道路は潮の押流すごとく人馬はなだれをうって走る、走る、阿鼻叫喚《あびきょうかん》、暗夜にわが子の名を、わが親を、呼び求める声ごえ、銃を頼む、水をくれ、水をくれと言いながら極度の疲労にたおれる兵隊の声を聞いたのも数度あった。

ノートの余白に記したという、この八月十五日の日記には、玉音放送のことは一言もふれられてはいない。終戦を知らず、まだ日本部隊による保護を期待し、それに裏切られる。

彼が日本の降伏を知るのは二十日以降。日記には敗戦への感慨はなく、ただ、「開拓団員のなかに自決する者あまたでる、悲痛のきわみ」と記す。

沖縄の悲劇

沖縄と満州とは、関東軍で結びついている。昭和十九年になると、沖縄、台湾が危なくなってきた。フィリピンに米軍上陸、台湾から中国本土を米軍が衝くおそれがある、とんでもない事態。満州を守る関東軍の中から、精鋭部隊を沖縄に移動せしめ、これを中核にして沖縄防衛の構想。水際作戦である、上られてしまえば、沖縄には硫《い》黄島《おうとう》と違って多くの県民が住む。巻きこむことはできない。また上陸にふさわしい地点は限られている。ここを固めた。

台湾、九州の基地航空隊も有利に動き得る、沖縄において反攻とまでいわずとも、昭和天皇のいう「敵に大打撃」を与え、和平交渉の足がかり。ところが、主力となっていた満州から来た部隊が、台湾に移動させられる。残ったのは、老兵と、現地召集の兵士。

沖縄と沖縄の人たちは、ここで見捨てられた。本土決戦準備のための時間稼ぎ、民間人の犠牲はいっさい考えない持久戦。沖縄の人に聞けば、わかるが、十九年以前には、沖縄にはろくな兵隊がいなかった。あるとき、車は持っている、大砲もある、体格もいい日本の兵隊がいっぱい来た。みんな頼もしがった。それは戦場になるということだが、それでも頼もしがっていた。それが十九年の十一月の半ばごろに突如いなくなった。

残った軍幕僚たちも作戦の立てようがなくなった。米軍に大打撃を与えた硫黄島の流儀を踏襲。

昭和二十年四月一日。すさまじい爆撃と艦砲射撃の後で、アメリカは沖縄本島に上陸する。水際では何の抵抗も受けずあっさりと上陸、飛行場を占領、さらに、抵抗する日本軍を排除しつつ、島の中央部で、南北に遮断。あくまでひっぱり込んでたたこうとする、日本の兵士は天然の壕、ガマに立てこもり、住民たちは洞窟や亀甲墓《きっこうばか》、防空壕に避難している。

沖縄は細長い、北へ逃げた人たちはそこで捕虜になり、収容所に入れられ、一応生き延びることができた。ところが、軍の主力といっしょに南に行った人たちは悲惨だった。島民も軍人と一緒にいればいいと思った。助けてくれると思った。まったく逆。これは当然ともいえる、軍は敵を殺すことが第一。そのため、島民が邪魔なら、抹殺する。少くとも大日本帝国軍隊においては、この考え方。この悲惨な事態については、汗牛充棟《かんぎゅうじゅうとう》の証言集がある、あらためてここでは触れない。ガマに、兵士と民間人がひそむ、向うから火焔放射器を持った米兵が近づく、母親の抱いた赤ん坊が泣き出す、所在を知られたら炎が吹きこんでくる。赤ん坊は殺される。日本軍は沖縄県民を信用しなかった。特有の「島言葉《しま》」にもよる。島言葉は内地から来た兵士に理解できず、スパイとして処分された。いわゆる「集団自決」、ひめゆり部隊、鉄血勤皇隊、伝えられているより、はるかに悲惨。一方、小島ではあるが、村長が、ここに日本兵はいないと明言したケースでは、一人の犠牲者もでていない。軍がいすわったから、民間人は兵士より多く殺された。

逃げまどう人々

当時二十四歳の主婦だった安里要江《あさととしえ》の聞き書きには、三月末から六月下旬まで、八十日余におよぶ逃避行の状況が詳細に記されている。要江とその一族は、いったんは北部に避難しかけたものの、途中で留まり、結果的にアメリカの上陸地点のすぐ近くに留まってしまう。その後、日本の軍隊のいる方へ逃げたために、洞窟や防空壕を転々とさまよいながら多くの肉親を目の前で失う。最後は南部の洞窟に潜《ひそ》み、飢えと暗黒の中でお子さんを亡くす。

彼女が餓死の一歩手前で、洞窟から「救出」されたのが六月二十三日。その同じ日に日本軍牛島満《うしじまみつる》司令官と長勇《ちょういさむ》参謀長が摩文仁《まぶに》で腹を切る。そこで沖縄戦は終ったというが、牛島の自決を皆知らない。残った部隊とは九月まで戦争が続き、正式に降伏文書が交わされたのは九月七日。沖縄の人にとっては、表向き一応おしまいになったのが六月二十三日。だから八月十五日はなんの関係もない。

安里要江は六月二十三日をこう述懐する。

> 六月二十三日は、現在、「沖縄県慰霊の日」の記念日になっています。この日は、私たちにとって生命が救出された日になりますが、しかし、ある意味で悲劇のはじまりの日でもありました。洞窟を出たあとも、私は収容所の中で最愛の肉親をつぎつぎにうしなっていくのです。

この日以降、他の多くの沖縄の人たちと同じように、収容所に入れられる。なんとか命はたすけられたものの、劣悪な環境の中でまた肉親を失う。収容所でむかえたはずの八月十五日も日本の降伏も、当然のように語ってはいない。

永遠に語られないこと

満州にしても沖縄にしても、一般人を巻き込んでの悲劇が繰り返された。そこでは親が子供を捨て、子供が親を見捨てることがふつうにあった。足手まとい、逃避行の邪魔が弱いもの子供と老人である以上、当然のこと、それが戦争。日本人同士が傷つけあった、地獄だった。これが戦争。われわれは戦争を伝えていない。

外地から引揚げてきた人たちの記録は少い。『流れる星は生きている』は珍しい例で、そのあと私家版みたいなものが最近になって出てきたがやはり多くない。もちろん、紙や鉛筆などなく、記録する余裕がない、といった物理的な理由もある。藤原ていが書いているように、文字で記録したものを処分させられたりもしただろう。しかし、それだけではない、藤原ていの夫君の新田次郎をふくめて、引揚げを経験した作家は何人もいる。その彼らが書いていない。「書けない」「語れない」のだ。人の死ぬのがあたりまえの状態の継続する中で、助かった人が書けるのは、自分たちは幸運だった、誰かに助けてもらった、といったことだけ。その陰で何があったのか、生き残った者は口を閉ざす。

八月十五日で終り、銃口を自らに向ける敵と相対した経験のない内地の人間は書く。自分が生きるために、家族を死に追いやった覚えのない、ヤマトの住民は、戦争体験をしゃべる。語れず、書き残し得ない、満州からの引揚者、沖縄で生き残った島民の、形をなさぬ言葉を、思わなければ、何の慰霊だろうか。

参考文献

藤原てい『流れる星は生きている』中公文庫、一九七六年
今井弥吉『満洲難民行』所収、川浦一雄「第二部　大陸避難日記」築地書館、一九八〇年
安里要江・大城将保『沖縄戦・ある母の記録』高文研、一九九五年

第九章　インフレと飢えの中で

太平洋戦争では、戦死、戦病死者、空襲や原爆など戦災による死者合わせて大雑把に三百万……。それだけではない、米英をはじめとする連合国軍側にも少からぬ戦死、戦病死者を出し、朝鮮半島、中国、東南アジア、南洋諸島の国々に甚大な損害を与えている。

いったい誰がこの戦争の責を負うのか。米戦艦ミズーリ甲板上での調印式直後の九月十一日、連合国軍総司令部（GHQ）は、第一次A級戦犯容疑者三十九人のリストを発表し、逮捕を命令。以後、逮捕状を出された戦犯容疑者は百人を超え、最終的には二十八人を起訴。昭和二十一年五月三日、東京の市谷《いちがや》、旧陸軍士官学校講堂（旧大本営陸軍部）を法廷とし、極東国際軍事裁判、いわゆる東京裁判が開廷。二年半後の昭和二十三年十一月十二日、東条英機《とうじょうひでき》、広田弘毅《ひろたこうき》元首相ら七人に絞首刑、平沼騏《ひらぬまき》一郎《いちろう》、小磯國昭《こいそくにあき》元首相ら十六人に終身禁錮など、公判中の病没者を除く全員の刑が確定した。終戦後三年余、戦争責任については一応の決着をみた。

だが、当時を少しでも知る者ならば、この結末には無理があった。幾分気が晴れる思いはあったが、さまざまな国の思惑をない交《ま》ぜにした、あくまで対外的な意味での決着。名は挙げぬが、偏狭な権力主義者、偏見に満ちた理想主義者、誇大妄想家、時節に合わせた扇動家……国を滅亡へと導いた大物小物の名が何人も思い浮かぶ。ヒトラー、ムッソリーニに類する独裁者がなく、たまたま東西冷戦の構造が鮮明になりはじめたことが、責任追及の矛先《ほこさき》を複雑なものにしたことは間違いないが、今に残る問題の核心は、原因の究明から責任の追及まで、一切合財《いっさいがっさい》を勝者の判断に委ね、結果的には知らぬ顔をしてなりゆきに任せてしまった当方の側にある。

怨み辛みを吸収したもの

第六章でも触れたが、終戦後、それまでの政治のまずさや戦争計画の杜撰《ずさん》さ、戦果報告の虚偽などが、メディアを通して徐々に明らかになるにつれ、戦争中、何も知らされずにいた庶民は、大いに呆《あき》れ、怒った。東久邇宮内閣が掲げた「一億総懺悔」というスローガンは、何の意味もない、みんなで罪を悔い改めましょうという、冗談もほどほどにしろだ。「総ザンゲ」という言葉だけが、ひとつの流行語として生き残り、庶民の心を幾分楽しませたかもしれない。「ああそうかい、俺たちが悪かったんだな、わかったよ」でアッケラカンのパア、何より食うことが大事、ザンゲザンゲと口ずさみつつ、闇商売。

新国家建設のため、新生日本のためといわれ、怒りや不満が暴発することはなかったものの、一方で、怨《うら》みにも似た気持は心の奥深いところに蓄積されていった。広大な焼跡を見れば、どんな美辞麗句を並べられたところで、戦争を忘れることなどできない。そこには何千万の人が住み、家それぞれの歴史があり、家族の日々の暮しがあった。きれいさっぱり灰になったところで、それまでの記憶や思い出までもが灰にはならない。家を焼かれ、思い出を焼かれ、まして家族の誰かと死別でもしようものなら、その怨みは、とてつもなく重い。

だが、それは怨みである。怒りではない。誰を怨めばいいのか。もし、兵として戦地に赴き、戦闘の中で負傷したり知人を失った経験があれば、敵兵敵国に怒りを覚えることもできよう。不幸にも周囲が戦場となり、敵兵のライフルで撃たれたら、敵にしごく具体的な、怒りの矛先を向け得る。しかし、何百機と押し寄せるB29の空襲でやられた場合、誰に怒りを向ければいいのか。戦争は人災に違いない。政治の延長にしろ、極端な思い上り、ヤケクソ、あるいは自存自衛のためにしろ人間が始めたのだ。これを起した者、止めることが出来なかった者、無策のまま手を打たなかった者、それぞれの顔は直接には見えないが、人間が始めたのなら、その災害をもたらした者は、怨みの対象くらいにはなる。まして、人災の猛威を押し止め、恐怖の源を断ち切ってくれたならば、感謝こそすれ、怨む筋合いはない。

敗戦日本の複雑さは、ここにある。空襲や原爆の恐怖から救って下さったのは、まぎれもなく玉音放送だった。あの時代、天皇陛下の声をはっきりと判別できたのは、側近政治家数十人を除いて他にいない。だが、あの日、性能の悪いラジオから聞こえてきた声は、まさしく昭和天皇の声に違いなかった。そう思いこむしかない。昭和十六年、対米英蘭開戦を御前会議で決定したのも同じ方だが、それはどうでもいいこと。空襲を終らせてくれたことが、切実にありがたい。もし、あれが首相による放送であったなら、はたしてどれだけの日本人が、終戦という事実を受け入れることができたのか。

終戦直後の政策は、ひたすら「国体護持」の方向で進む。戦後半世紀を過ぎて今思えば「国体」とは「天皇制」そのものであるが、玉音放送を聞いた身には、天皇制と昭和天皇個人とを、単純にイコールで結びつけるわけにはいかなかった。国体という言葉は、妙な体温を持っていた。人々の多くも、戦争の原因と敗因を究明し、責任者を追及することには賛成だが、国体は「護持」されるべきだと思った。戦前の政治の問題点は天皇制にあると指摘した人も、「国体」には寛容だった。ポツダム宣言の内容を確認するうちに出てきた「サブジェクト・トゥ（Subject to）」という言葉の解釈をめぐり、天皇の権限は連合国軍最高司令官「に従属する」のか「の制限の下に置かれるのか」で御前会議が紛糾し、終戦の日が延びたなどというのは、よくよく後になって知ったこと。人々の怨みは、焦点を失い、宙をさまよう。「国体」という生温かな言葉が、人々の怨み辛《つら》みを、スポンジのように吸いとってしまった。

衝撃的な一枚の写真

もちろん、中学生だったぼくに、「国体」の何であるかが、はっきりとわかっていたわけではない。だが、九月二十九日、新聞に掲載された一枚の写真を見て、「ああ、そうか」と納得した記憶がある。その写真について、作家高見順は、日記に次のように記している。

天皇陛下がマッカーサー元帥と並んで立っておられる写真が新聞に載っている。

かかる写真はまことに古今未曽有《ここんみぞう》のことである。将来は、なんでもない普通のことになるかもしれないが、今は、——今までの「常識」からすると大変なことである。日本国民は挙げて驚いたことであろう。後世になると、かかる驚きというものは不可解とせられるに至るであろうが、そうして古今未曽有と驚いたということを驚くであろうが、それ故《ゆえ》かえって今日の驚きは特筆に値する。

モーニングを着て直立する天皇、軍服姿でゆるりと立つマッカーサー。この写真は、天皇がマッカーサーとの会見のために、九月二十七日、アメリカ大使館を訪ねた折に撮影されたもの。新聞の記事は、会見があったことだけを伝えていたが、何よりもこのような写真が新聞に掲載されたこと、そして写真そのものが衝撃的だった。

後に発表されたマッカーサーの回想記などによれば、この日、天皇がすべての責任をみずから負うことを明言し、それほど潔い王は歴史上いなかったと、元帥をいたく感動させたとある。今日、歴史学者の考証により、この会見の内容がおぼろげながら判明しつつあるが、会見録そのものは今もって非公開で、実際のところはわからない。

もちろん、ひたすら国体護持の時代である。いくら占領下とはいえ、天皇の写真を掲載するのは憚《はばか》られると、内務省は、いったん出た新聞の回収を計った。三枚撮ったという写真も、二枚はふさわしくなかったらしい。すべてマッカーサーの意志。厚木の有名なパイプくわえた写真、レイテ島へ歩いて上陸する写真、すべて何度もくり返したあげくのこと。マックは気取り屋だった。マッカーサーは身長が一九〇センチ近い、アメリカ人としても大きい方に違いない。そのマッカーサーよりも首一つ背が低く、しかも立ち姿が固いというのでは、内務省が、掲載紙回収を考えるのも無理はない。新聞に掲載させたのは、マッカーサー自身。この写真を公開し、勝者と敗者の立場をより鮮明にしようとしたのだ。

ところが、ぼくが受けた印象は、マッカーサーの意とはかけはなれたものだった。それまで天皇陛下の姿といえば、大元帥服《だいげんすいふく》をまとい、白馬の鞍《くら》の上にあって、威厳あふれる印象。それが、失礼な物言いだが、あまり似合うとはいえないモーニングを着て、緊張は当然、小学生の如く直立している。負けた実感よりは、何だか気の毒にながめた。それまで、お国のため、天皇陛下のためといわれて、大人たちの命令でやりたくもないことをやらされ、幾らか怨みに思うところもないとはいえなかったが、それも「もういいや」と、妙に納得してしまったのだ。

昭和二十一年一月一日、天皇は、わが身は神ではないと宣言（人間宣言）。この年二月から、日本各地の被災地巡幸を始める。その様子はニュース映画などで報道され、各地で天皇を出迎える人々の笑顔とともに、敗戦日本に明りを灯すひとつのイベントとなる。その後も、国体護持のために政治の裏面では画策がつづき、国内の政権抗争、さらに西側諸国の思惑も重なって、天皇の戦争責任問題はタブー視されるようになるが、その頃人々はすでに、戦争責任の追及そのものに、ほとんど興味を失っていた。東京裁判が始まるのは、この年の五月三日である。この半年後、それまでの明治節(十一月三日)に新憲法が公布、半年後の昭和二十二年五月三日施行。裁判の結果、罪の確定したA級戦犯が死刑に処せられた日は、二十三年十二月二十三日、今上陛下の誕生日。アメリカは、日付けにこだわる国らしい。今、憲法記念日が、裁判開始の日と同じと知る者はいるだろうか。

インフレの激化

国民が戦争責任の追及に興味を失ったことには、もう一つ大きな理由がある。実際は、一人一人生きるためにそれどころではなかった。一部、軍需成金にとって代った闇成金、また進駐軍に寄生した手合いを除いて。

昭和二十年末になると、米の不作も災いして、食いもの不足がいっそう進む。頼りの配給も当てにならず、もっぱら「闇」で買うのがふつうになる。当然のことながら、闇市での物価は、公定価格の数倍が当り前、十倍を超えることも珍しくはない。それでも飢死《うえじに》するよりはましと、貯金をどんどんおろし、大枚はたいて米を買い、魚を買い、塩や砂糖を買う。行き着く先は、インフレ。

政府は、昭和二十一年二月、預金引出しによる金融危機を回避するために、金融緊急措置令とともに預金封鎖を実施。三月二日に、旧円と新円を切り替え、一人について百円ずつを新円と交換し、それ以外のすべての旧円は金融機関への預金を義務付け、引き出せぬように封鎖した。また給与については、月五百円までは新円で払い（五百円の枠）、それ以上の額は強制預金。毎月引き出せる額は、世帯主が三百円まで、家族一人当り百円だった。政府は、これでインフレの抑制がかなうと考えたが、法には抜け道がある。たとえば自営の工場などには、資材購入費として預金引出しの特別枠が認められており、一般の人もその名義を借り受け、資材購入費と称して生活費を引き出した。そうでもしなければ、闇市の食料は買えなかった。

同年八月、食いもの不足はピークに達し、大都市の一部では配給もストップ。二千万人ほどが餓死寸前の状態になる。需要と供給のバランスだけで成り立つ「闇」の価格はますます上昇。政府もこれに打つ手なく、インフレは天井知らずに。

それが、どれほどの勢いだったのか、週刊朝日編『戦後値段史年表』（朝日文庫、一九九五年）には、次のように記されている。

【白米十キロ】
昭和二十年　十二月　六円
昭和二十一年　三月　一九円五〇銭
十一月　三六円三五銭
昭和二十二年　七月　九九円七〇銭
十一月　一四九円六〇銭
【塩一キロ】
昭和二十一年　一月　一円一四銭
十二月　一円四三銭
昭和二十二年　四月　四円九三銭
九月　五円五八銭
昭和二十三年　六月　一二円四八銭
十二月　二〇円六五銭
【焼酎一・八リットル】

昭和二十年		八円
昭和二十一年	一月	一〇円五〇銭
	三月	一六円
	九月	三〇円
昭和二十二年	二月	三三円
	四月	八九円
	八月	一〇二円
	十二月	五〇五円
昭和二十三年	七月	七〇〇円

あくまで公定価格をベースにしたデータであるが、物価が十数倍から数十倍に上がっている。闇の価格はこんなものではない。昭和二十年八月末を一とすれば、二十二年末には百倍、ものによって千倍に値が上がっていたと記憶する。二十二年春、守口での闇米は一升二百三十円だった。同じ本に、公務員の給与のデータがある。

【国家公務員（上級試験合格者）の初任給】

昭和二十一年　　　　五四〇円
昭和二十三年　一月　二三〇〇円
　　　　　　　六月　二九九〇円
　　　　　　十一月　四八六三円

こちらもベースアップしているが、これだけでは、一家餓死する、高いエンゲル係数の大半を、金じゃなく「モノ」でまかなった、筍《たけのこ》生活。

戦争中、孫が徴兵されたときの準備にと、誕生後、掛けつづけた保険、満期で百円。誕生時には百円で祝宴を開き、用意を整えることができた。その二十歳になる前、戦争が終り、出征はなくなった、祖母は、息子のための大切なお金だと、手をつけなかった。ある日、どうにも暮せなくなり、その百円を持って闇市へ行くと、蒸《ふ》かしパン十個しか買えなかった。

ひどい時には、朝晩でものの値段が違っていた。朝十円で七個だったミカンが、夕方行くと三個。あまりに値上がりがひどすぎて、ついていけず、これを克明に日記につけた人は多分いない。いたとして、地域で異なるから、参考資料にはなり難い。統計の数字は、ぼくの感じでは、かなり安い。

インフレと絶対量としての食いもの不足。各種備蓄は底をついた、農家も自らの食いぶちまかなうことで手いっぱい。生きのびることに必死でもがきつづけるうち、戦争責任などという大きすぎる問題は、どうでもよくなってしまったのだ。やがて、仇敵《きゅうてき》に、余った家畜の飼料を恵まれ、少くともぼくは、生き延びることができた。ドイツも同じ事情だったが、牛の餌《えさ》は拒否、小麦粉。まあ、アメリカにドイツ系が多かったこともあるが。

あらためて昭和二十年八月を考える

大きすぎる問題は政治家任せに、その政治家は、身の丈《たけ》を越えた問題は外国任せにするという構図は、この時期に仕上げられた。食いもの不足、インフレ、朝鮮戦争、高度成長期少し落着くと、平和国家としてひたすら「豊かさ」の追求。復讐戦は即ち、経済面でアメリカに追いつけ追い越せ。反省いっさいなく、何も考えず、その場その場を、いわば局地戦を何とか凌《しの》いで、GNP二位に浮かれたのが、ぼくらの世代である。ひっかかえた、数々の厄介な問題は、もつれにもつれ、リセットも後戻りもかなわない。

あれだけの被害と犠牲をだし、他国に損害を与えたアジア・太平洋戦争。その原因や責任の追及を、すべて外国、特にアメリカに任せてしまった。当時はそれで仕方がなかったが、やはり本来ならば、少し落着けば日本人の手で、あの戦争の原因を探り、当時の政治の誤りを探り、本当の意味での戦争犯罪者は誰だったのかを追及しなければいけない。反省すべきところは反省し、謝罪すべきものには謝罪をする。そして、二度とあのような、国民の生存すら危うくする事態が起らないよう、手を尽す。それは、日本にとって、日本人にとって、未来に生き残るための大きな知恵となるはずだ。あげく、こすっからい、いやな国民性になろうともいたしかたない。ぼくは日本人のお人好し、恵まれた自然こそ大事と思うが、お人好しの反面、経済大国になり上って、戦前より、夜郎自大に陥っている。視野狭窄またはなはだしい。戦争はまだ終っていない、少くとも戦争を見直すことが必要、戦争を伝えることがもはや老年となった、体験者の義務。

昭和二十年八月五日、広島の女学校に通う十四歳の森脇瑤子さんは、日記に、明日も「一生懸命がんばろうと思う」と記し、その翌朝、原爆の直撃を受けて亡くなった。瑤子さんのような、何の罪もない少年少女の、明日をひたむきに生きようとする思いを、戦争は無惨に断ち切る。戦争を起したのは大人だ、大人の償い得ぬ罪と、受けとめつづけて当然。しかし今、この自覚はない。いや、逆になりつつある、「いたし方なかった」「止むを得なかった」で済ませる。今の少年少女だって、これから人生を生きるのだから、瑤子さんと同じく「頑張ろう」とうわべはともかく潜在的に思っている、願っている、生物として当り前、うわべ茶髪、ガングロだって同じ。大人は、ふさわしく応えているか。毎年八月十五日、あの戦争について反省してみせる。まさに、形だけ。伝えなかったぼくの世代がいけない。ぼくは空しい鳥の声であろうと、瑤子さんにならっていえば、伝えるべく「頑張ろう」と思っている。

参考文献
高見順『敗戦日記〈新装版〉』文春文庫、一九九一年

あとがき

戦後六十年を迎えた。一つの節目には違いないが、ぼくにその自覚はうすい。

昭和二十年八月十五日、天皇による戦争終結詔勅がラジオ放送された。いわゆる玉音放送。そこに「敗戦」という言葉はない。

生き残った日本人の多くは、思考停止のままこれを受け入れた。この思考停止状態、今も六十年前も大差なく思える。世間に瀰漫《びまん》する虚無感、また、今日あるが如く明日もあると信じ込んでいる楽天性、いつか誰かが何とかしてくれるだろうと、他人まかせ。これは戦争中も今も変らない。

日本人はスッカラカンでほっぽり出され、新しい国づくりに狂奔、見事繁栄の都をつくりあげた。戦死者の遺族にそれぞれの思いはあったにせよ、敗戦による混乱もさしたることはなく、国を挙げて再建ブームに身をやつすうち、いつしか、かの戦争による被害を天災の如く受け止めるようになっていった。

だが、空襲は天変地異ではない。

戦後六十年をいうのは簡単だ。しかしこれをきっかけに戦争を考え直すのは楽なことじゃない。三年前、NHK人間講座『「終戦日記」を読む』出演以来、多くの方から御意見を賜《たま》わり、また、貴重な資料を送って戴《いただ》いた。

昭和三十年以降について本書では伝えられていない。さらに、ぼくの偏《かたよ》りのせいもあり、語り尽せなかった憂《うれ》いは残る。

繁栄を遂げたこの国に、現在物は溢れかえっている。だが未来の姿は見えない。これはぼくらの世代の責任でもある。少しでも戦争を知る人間は、戦争について語る義務を持つ。もはや残された時間に限りがある。

ぼくはぼくなりにあの戦争と向き合い、書き続けることこそ、自分に与えられた業《ごう》だと思い定めている。

野坂昭如

平成十七年六月

「日記」の書き手たち

（五十音順）

伊藤整（いとう・せい　一九〇五～六九）
作家、評論家。北海道生まれ。東京商科大学本科中退。ジョイスの『ユリシーズ』、ロレンスの『チャタレイ夫人の恋人』を翻訳紹介し、新心理主義を唱えた。小説『鳴海仙吉』『火の鳥』『氾濫』『変容』、評論『小説の方法』『日本文壇史』（菊池寛賞）ほか、幅広い分野で著作を残す。昭和二十年に四十歳。

海野十三（うんの・じゅうざ　一八九七～一九四九）
作家。徳島県生まれ。早稲田大学理工科卒業。逓信省電気試験所に勤務するかたわら科学小説を執筆、一九二八年に探偵小説「電気風呂の怪死事件」を『新青年』に発表し、本格的に文壇デビュー。奔放な空想を交えた作品で、日本SF界の先駆者となった。著書に『地球盗難』『火星兵団』『深夜の市長』など。昭和二十年に四十八歳。

大佛次郎（おさらぎ・じろう　一八九七～一九七三）
作家。神奈川県生まれ。東京帝国大学法学部卒業。外務省条約局に勤めたが、関東大震災を機に辞し、文筆業に専念。「鞍馬天狗」シリーズや『赤穂浪士』などで、大衆小説の花形となった。他の著作に『ドレフュス事件』『帰郷』『宗方姉妹』『パリ燃ゆ』『天皇の世紀』など。一九六四年に文化勲章を受章。昭和二十年に四十八歳。

木戸幸一（きど・こういち　一八八九～一九七七）
政治家。東京生まれ。木戸孝允の孫。京都帝国大学法学部卒業。文相、厚相、内相を経て、一九四〇年、内大臣に就任。東条英機内閣の成立に尽力し、天皇側近として影響力をもった。戦後、A級戦犯として終身禁錮刑に処されるが、五五年に仮釈放。その日記は東京裁判にも証拠として提出された。昭和二十年に五十六歳。

高見順（たかみ・じゅん　一九〇七～六五）
作家。福井県生まれ。東京帝国大学文学部卒業。卒業後プロレタリア作家として活動したが、治安維持法違反容疑で検挙されたのち、転向。転向小説『故旧忘れ得べき』が第一回芥川賞の候補作に。他の著作に小説『如何なる星の下に』『いやな感じ』、詩集『死の淵より』など。晩年、日本近代文学館の創立に参加。昭和二十年に三十八歳。

徳川夢声（とくがわ・むせい　一八九四～一九七一）
映画弁士、漫談家、俳優。島根県生まれ。東京府立第一中学校卒業。一九一三年、活動写真弁士となり、独特の語り口で人気を集める。トーキーの出現後は漫談家、俳優として活躍し、戦後はラジオからテレビへ進出。五〇年にNHK放送文化賞、五五年に菊池寛賞、五七年に紫綬褒章を受ける。昭和二十年に五十一歳。

永井荷風（ながい・かふう　一八七九〜一九五九）
作家。東京生まれ。高等商業学校附属外国語学校清語科中退。一九〇三年より〇八年まで外遊し、帰国後、『あめりか物語』『ふらんす物語』（発禁）を発表。一〇年、慶應義塾大学教授となり、『三田文学』を創刊する。他の著作に『腕くらべ』『つゆのあとさき』『濹東綺譚』など。五二年に文化勲章を受章。昭和二十年に六十六歳。

中野重治（なかの・しげはる　一九〇二〜七九）
作家、評論家、詩人。福井県生まれ。東京帝国大学文学部卒業。プロレタリア文学運動に参加するが、のちに検挙され転向。戦後は新日本文学会を創立、民主主義文学運動の中心となった。著作に『中野重治詩集』『村の家』『歌のわかれ』『むらぎも』『甲乙丙丁』など。昭和二十年に四十三歳。

藤原てい（ふじわら・てい　一九一八〜二〇一六）
作家。長野県生まれ。県立諏訪高等女学校卒業。一九三九年、のちに作家となる新田次郎と結婚。四三年に新京（現・長春）の観象台に赴任する夫とともに満州に渡る。敗戦後、愛児を連れた決死の引き揚げを敢行、辛うじて帰国に成功する。著作に『流れる星は生きている』『赤い丘赤い河』『旅路』『家族』など。昭和二十年に二十七歳。

山田風太郎（やまだ・ふうたろう　一九二二〜二〇〇一）
作家。兵庫県生まれ。東京医学専門学校卒業。在学中の一九四七年、推理小説「達磨峠の殺人」を発表して作家生活に入る。四九年「眼中の悪魔」「虚像淫楽」で探偵作家クラブ賞を受賞。その後、伝奇小説、忍法小説、時代小説と幅広いジャンルで執筆。著作に『甲賀忍法帖』『魔界転生』『警視庁草紙』など。昭和二十年に二十三歳。

渡辺一夫（わたなべ・かずお　一九〇一〜七五）
フランス文学者、評論家。東京生まれ。東京帝国大学文学部卒業。戦後、東京大学教授に。ラブレーを中心とするフランス十六世紀文学・思想を専攻。一九六五年、ラブレー著『ガルガンチュワとパンタグリュエル物語』（全五巻）の訳業により読売文学賞を受賞。他の著作に『ラブレー研究序説』など。昭和二十年に四十四歳。

Ⅱ　「終戦」を書く、語る

日記を読む

清沢洌著『暗黒日記』

ぼくは、ぼくの両親にあたる年齢の方の、戦争前後の日記を集めていて、それはたとえば昭和十年頃に、大人たちは何を考えていたのか、昭和十五年紀元二千六百年祭をどううけとめていたのか、今からすれば、ただ一言このあたりをさかいに日本は滅亡の道をたどったとのみいわれているけれど、当時の世間がその移り変りをいかに感じていたのか、まことに興味がある。またたとえば、太平洋戦争がはじまった時に、知識人は何を考えたのか、工業力を彼我くらべるまでもなく、敗けることは自明の理であったろうに、どうトチ狂ってシンガポール陥落に旗行列をくり出し、少し冷静になれば見抜けるはずの水増し戦果に酔い痴《し》れ、さらに、本土空襲をあれほど徹底的にやられながら、しかも全戦域ひた押しに押されていて、昭和何年の何月まで、大人は日本必勝を信じこんでいたのだろうか、ぼくは、当時まるっきりの軍国少年で、まさに大人のいうなりに、本土上陸の鬼畜米獣とさしちがえるつもりだったのだが、八月十五日が来れば、なんと大人たちは見事に変身し、そうあわてることもせず、かくなる仕儀はお見通しの如くふるまって、いまだにぼくは、彼等の心ざま何がどうなっていたのか、よくわからない。

後になってからなら何とでもいえよう、だからぼくは、ごく当り前の市民の日記を集めて、日記に必ずしも本心が吐露されているとは思わないけれども、小説家のそれとちがって、ふつう人の日記には、死後披露されるうれいがないから、その行間に想いこらせば、激動の世に生きた日本人の、あからさまな気持をうかがい知ることができるのではないかと考えたのだ。そして、この日記はそれぞれに名著だと思うけれど、刊行されたものから一冊をあげれば、それは清沢洌《きよさわきよし》『暗黒日記』であろう、外交史を専門とするジャーナリストだった清沢の、この一巻を読むと、ぼくはなんとなくほっとする、あの時代の中で、これほど冷静に時局を判断し、まことにあやまりなき見とおしを立て得た人間のいたことは、ひょっとしてこれからどう狂うかわからない先きゆきをひかえて、ぼくのある支えとなってくれる。昭和十八年九月十八日（土）「今月は満州事変十二周年でマニラの斎藤報道部長とかの比島人に対し放送したという要旨を報じている。その要旨は満州事変が大東亜戦争の第一歩であり、これまた他民族解放のための第一歩であった。この日本の誠意を比島人が認めることを要望する、といったようなものだ。軍人たちは、そんなこと言って比島人が感心するものと思っているらしい。普通ならば満州事変などは黙って他の記憶を喚《よ》び起さないのが常識だろう。それを態々《わざわざ》いっているのだから、その愚かさは想像以上である」とあって、近頃また同じおろかしい言辞弄するものがあらわれつつあるようだけれど、まことに歴史はくりかえすで、政府のごま化し、言論機関の圧迫、さらに警察権力の徹底した弱いものいじめ、もちろん昭和十八・九年と現代はちがうけれども、読むうちふっと錯覚しそうになることがある。たった四分の一世紀前のことなのだが、少し忘れるのが早すぎはしないか、そして清沢洌が今生きてあれば、またなんと日記にしるすであろうか。古在由重《こざいよししげ》『戦中日記』も哲学者の、乱世においてなお透徹した心情をうつして興味深いが、こちらは保護観察の身分だから、いつ検閲を受けるかわからず、清沢ほどには筆致はげしくない、にしても、知性こそが、常闇《とこやみ》を照らすただ一つのあかしと、よく納得できる。

開戦、空襲、焼跡

負けるとは思わなかった――わが十二月八日

開戦の朝のことは、よく覚えている。ラジオのチャイムがひびき、「臨時ニュースを申し上げます」にはじまる一連の言葉は、今でもそのまま暗誦できる。特に家の中の雰囲気が変わることもなく、朝の食膳に向かった時、「これで大陸での戦争なんか、吹きとんじゃった」ぼくが何気なく呟《つぶや》くと、「それはちがう、大陸の方だって、これからがたいへんだ」養父が、ややきびしい口調でいった。

戦争は常に突発的に起こる、世間は、始まるまでまさかと考えているものらしい。後で思いかえせば、あるいは当時の風潮を調べたりすると、いつ起こったって不思議はなく、また世間もこれを当然のこととして受けとめたような感じだけれど、実際はちがっていた。

低迷していた暗雲いっきに吹き払われた思いにしろ、うんざりしたにしろ、みんな虚をつかれた、ただし、大日本帝国が大目的として戦争の号令を発したのだから、これはもう運命みたいなもの、逆らったっていたしかたない、波に乗るか、ひきずられるかのちがいだけなのだ。

養父はアメリカの事情に詳しかった、石油の輸入業者で、ごく最近判ったのだが、アメリカから日本に向けて輸出、いや密輸といった方が正しいだろう、非合法な手段で油を入れた最後の取引に立ち合っている。真珠湾攻撃の際の、海軍機の潤滑油として、それは使用された。

だから、お互いの国力の差について、十分に心得ていたと思う、開戦の朝、養父は食事を終えたぼくに、アメリカ太平洋岸の都市について、いろいろ教えてくれたし、パールハーバーの名の由来を説明した。いささかも興奮していなかった。

表へ出ると、神戸の場合、曇り空だったと思う、当時、町内の子供は隊列を作って、学校へ出かけることになっていた。「万々歳やな」二年下の男がいった、ぼくには、養父の冷静な態度がのり移ったというか、やや軽べつした感じで、その男、といっても相手は三年生、ぼくは五年なのだが、ながめた。

学校では、刻々と伝えられるラジオのニュースを、ラウドスピーカーにのせて、校庭に流していた。教師も生徒も、熱狂していた、大本営発表が、実際の戦果より少なく報じたのはこの時だけだろうが、それでも戦艦二隻撃沈なのだ、これは陸軍の、大陸における「占領」よりも、はるかに鮮烈な印象を与えた。

ぼくは逆立ちにこっていた、海軍の活躍にあやかるつもりで、百メートルのトラックを、逆立ちで歩きはじめ、気づいた何人かがはやしたてつついて来る、いつもは、何歩あるけたかを、自分で記録していたのだが、この時は、とにかく倒れずに元の地点までたどりつこうと、埋めこまれた白い標識たよりに前進したのだ。

十二月八日朝の記憶はこれだけである、きっと校長が、朝礼の際、少国民の覚悟について長々しくしゃべり、また宣戦布告の詔勅を、かしこまって聞いたのだろうが、べつに覚えていない。ぼくの担任の教師は、アメリカに留学したことがあるのだが、べつに何の感想もいわなかったように思う、まだ、この事態をどう受けとめていいのか見当がつかなかったのではないか。

こっちにしてみれば、ものごころついた時から、戦争中なのだ、アメリカやイギリスは東亜の民を奴隷たらしめんとするにっくき敵と教えこまれていた、ざまあみろ、思い知ったかと、胸のすく気持があるだけで、しかし、戦争といわれても、表を歩けば、いつもの通り、静かな家並みが軒をつらね、家へかえれば、養母と祖母がいがみあっている、戦争は小説を読んでいるような感じでしか、とらえられない。ただ、養父だけが、十一歳のぼくに対して、しごく大人びた戦争についての解説、また見通しを語り、十七年夏までは、やや楽観していた。それ以後、いっさいしゃべらなくなったのは、ミッドウェー海戦の真相を知ったからだろう。

開戦の年、養父は四十二歳だった、十二月八日を考える時、いつもその冷静な態度を思う。

ぼくの家族は焼き殺された

神戸市は、三月十七日夜と、六月五日早朝にはじまる、B29の焼夷弾攻撃によって、ほとんど焼きつくされた。この間に、昼間の爆弾攻撃もあったが、それはおもに阪神間の航空機工場をねらったもので、あとできくと、この空襲については、軍は予知していたらしい。撃墜したB29から、飛行士がパラシュートで脱出し、海へおちて、結局は溺死したのだが、彼は一枚の地図を所持し、それに次回の空襲予定地点が詳細にしるされていたのだ。軍はすぐさま航空機工場から、ゴムとジュラルミンを疎開させ、ぼくはゴムのかたまりを満載したトラックが阪神国道を西へ向かって何台も走る姿をみている。もちろん、一般市民にはなんの情報も知らされていないから、予定通り行なわれた爆弾攻撃で、たくさんの人が死んだ。危うく難をまぬかれたジュラルミンでもって、戦後いち早く、有名な元町のジュラルミン街が再建されたので、ぼくはいまでも元町を歩くと、この空襲を思い出す。爆弾攻撃は残酷なものである。三、四歳の子供のものらしいタビがおちていて、何気なくけとばすと中身がはいっていた。生首がどぶにはまっていたし、女性の髪の毛が一束電線にひっかかっていたし、からだがまりのようにふくれ上がって、「からだに爆風はいってしもた」といいつつ死んだ酒屋のおやじ、上半身と下半身があべこべになって死んだ荒物屋の斜頸《しゃけい》のおやじ。もちろん、一トン爆弾がおちると、その町内にまずまともな家屋は残ってなくて、阪神御《み》影《かげ》駅の近くなど、まるで古材木の置き場のようだった。

しかし、この空襲はとにもかくにも軍需工場をねらったものであった。三月と六月のそれは、ただひたすら人員殺傷のための、殺戮《さつりく》である。

三月十七日の空襲は、三月九日から十日にかけて、東京下町空襲にはじまる一連のもので、三月十五日に大阪が焼かれてから、神戸も、やがて同じ運命に置かれると、市民はいちおうの覚悟を決めていたようだ。焼かれるとわかりながら、しかもあのように平静だったことを思うと、不思議に感じる。

大阪や東京の惨状、いかに新聞では被害僅少と伝えても、口づてに知らされていたのに、次はわが身と知りつつ、だれも動揺していなかった。焼夷弾がおちてきたら、もしそれが油脂ならば、ぬれむしろでくるんでほうり出し、エレクトロンならば砂をかけ、黄燐《おうりん》は水でぬらした火はたきではらいおとす。空襲なんぞ恐るべきと、たかくくっていたのか、あるいは、他人の家は焼けても、わが家族のみは無事息災と信じこむ楽天性によるものなのか。

ぼくは灘《なだ》区中郷町《なかごうちょう》、つまり神戸も東のはずれに住んでいた。紀伊半島南方洋上に敵数目標あり、阪神地方は厳戒を要すと、ラジオの告げたのは夜八時ごろで、どの家庭もあわてて弁当をつくりフロに水を張り、雨戸障子をあけ放した。焼夷弾の落下点が表からもわかるようにとの心づもり、これがよその延焼を防ぐならば、また戸障子立ててこれに水をぶっかける取りきめであった。

九時過ぎに、夜だから姿は見えず、もはやサーチライトも闇を照らさぬ、ただウォンウォンと重苦しいB29の爆音が、神戸市をおおいつくし、ぼくはそのひびきを受けて、かすかにふるえるガラス戸の音を、はっきり覚えている。爆弾の落下音は、はじめ遠くを過ぎる電車の音に似ていた。次は、じゃりの多い浜べに打ち寄せ、そしてしりぞく潮騒《しおさい》の音にそっくりだった。三月十七日はここまでですんだ。

西の空が炎上の照り返しを受け、真っ赤に染まり、煙がその果ては闇にとけこんでわからぬが、入道雲のごとくどっしりとかまえていて、対空砲火の曳光弾《えいこうだん》が、ひどくたよりなげに一条、ゆっくり打ち上げられる。

ぼくの住んでいた区域は爆音こそかしましいけれど、とにかくねらわれていないとわかり、町内の人は総出で、道に立ちつくし、言葉もなく、赤い夜空をながめていた。

「さあ、もう家へはいんなさい。あす、学校あるやろ」

と母が、まるで盛りのすぎた花火見物のようにいった。


空襲は、昭和十九年暮れに、すでにはじまっていて、元町におちた爆弾で、人が二、三人死んだとか、高射砲の破片に当たって小学生がケガをしたとか、それでも近くにそれを見聞した者は、おじけふるったものだけれども、三月十七日の朝の焼跡の姿は、まさに、すさまじいもので、たとえば、防空壕の中で生き埋めになった死体が、すぐその後に降った雨を受けてふくれ上がる。

びっしりつまった死体の、水吸ってふくれ上がるその力で、防空壕の厚い土がひび割れるのを、ぼくはみた。下半身を焼かれ、陰部むき出しとなった母親が、大の字に倒れていて、そのかたわらに四歳くらいの女の子が、これも顔を血だらけにして、しかし生きていて、泣くことにもつかれたのか、死んだ母の手をしっかりにぎり、すわりこんでいた。

いわゆる焼死体は、道一面にごろごろしていたし、交番に折り重なる黒焦げの死体やら、煙にまかれたのか傷一つない死体、防空壕の出口から半分乗り出し、いまにも動き出しそうな体、その片側は火にあぶられて焦げているのだが、別の側は洋服が残っていて、なんとも奇妙なのや。ぼくは学校といっても授業など出来るわけはなく、早朝に被災地へ、おもに友人の安否をたずねるため出かけて、いっきょにたくさんの死体と対面する。

死体にはすぐなれた。ほとんど、真っ黒で、しかも未開人のつくった、不細工な人形のごとく、大まかに人間の形をしているだけだから実感もすくない。死体はまとめてまず道ばたに積み上げられ、夕刻、むしろに包んで小学校の講堂やら工作室に収容された。翌日の夕刻からトラックで山に運び、うわさでは重油をかけて燃やし、骨も灰もあったものではない、適当に拾って木の箱へ入れ、遺族へ渡したという。

三月十七日の空襲では、神戸の中心部と、さらに西側が焼かれ、湊川神社も、木立ちだけを残して烏有《うゆう》に帰した。裁判所に火がうつった時、正面に輝く菊の御紋をとりはずそうとして、検事の一人が殉職したというような美談も伝えられていた。焼け出された人たちは、乾パンと握り飯と毛布と、罹災証明書を持って、国道、省線ぞいにそれぞれ、かねてとりきめの避難先へ、ぞろぞろと無言でおちのびる。当時は、親族友人同士、万一の場合、たすけあうことを約束していた。罹災証明をみせれば、汽車の切符も買えたし、米の配給もすぐ受けられる。順番を待つとか、わずらわしい手つづきふむ必要はなくて、焼けない人間の目からみると、奇妙な切り札に思える。焼けた人間は、自分はすでに義務を果したというか、予防注射を先にすましてしまった子供のように、妙に傲慢でずうずうしい印象だった。

焼けない人間は代用食なのに、焼けたら米の特配がもらえる、罐詰《かんづめ》もある、焼けぶとりというような声も、聞こえはじめ、そして焼けない連中は、どうせなら早いほうがさっぱりすると、もう自分の力ではどうにもならないからやけっパチで、しかも明るい口調で「今度はだめでしょうな」と、単機飛来し、一筋くっきりと飛行機雲ひいて東へとぶB29偵察機をながめ、しゃべっていた。

ぼくは中学三年で一週間後から、焼跡整理にかり出された。焼跡にはトタン板がおびただしくあって、水道管だけが生きていた。赤茶けた重いながめであった。市民生活がそのまま炎上したにおいがした。垢やら汗やら涙やらひっくるめて灰となった、その実感があった。便器の色のみ白く光り、太陽は焼跡の上に、春めいたやさしい光をさしのべ、海から山まで、建物の形といったら小学校だけであった。

焼跡整理の次は建物疎開、べつに工場の周辺というわけではなく、空襲されてはじめてそのすさまじさがわかり、火はたきもバケツリレーも効果なしとわかったから、せめて延焼をくいとめるための防火線をつくるのである。畳、障子、ガラス戸、カワラをぼくらが運び出し、まだ家の中には干し忘れたおしめや運びかねた大きな火鉢が残っているのを、警防団が大黒柱になわかけて、エンヤコラサと引き倒す。あっけなくほこりまきちらせて、家はくずれた。

畳や障子は近くの小学校へ、大八車で運びこむ。小学校は焼け出された際の、とりあえずの避難場所とされ、ここに一夜二夜仮寝できるよう、疎開の建て具がこれにあてられているのだ。ぼくは自分の学んだ成徳小学校のなつかしい音楽室や図画教室、理科実験室にそれらを運びこんだ。

疎開の次が、税関横の高射砲陣地堰堤《えんてい》造りであった。迎え真上送りと三連射出来る新鋭高射砲が六門、兵隊の説明では六甲山の上にもあって、海と山からはさみ打ちにすれば、神戸はせまい地形だから、百発百中、撃墜できるそうで、しかし、六月一日、大阪空襲の際、大阪湾上を魚の群れのように西から東へ、おびただしく飛来するB29の編隊に対し、勇ましく火をふいたものの、まるっきり当たらない。そのうち、ヤーメタというふうに沈黙し、これについては「うっかり撃つとこちらの所在を知られる」と隊長がいう。ぼくは、それまで日本軍はいちばん強いと堅く信じこんでいたのだが、これ以後、なんとなくたよりない感じをいだいた。

五月二十五日にはじまったB29の、大都市を目標の、大編隊による第二波空襲は、正確に名古屋、大阪とつづいて、いよいよ神戸。ぼくの町内の人も覚悟は決めていた。そのあたり、めぼしい建物といっても小泉製麻か酒造りの蔵、省線の駅があるくらいで、まったくの住宅地だったが、もはや気休めの材料は一切ない。老人子供は疎開させ、庭の菜園掘りかえして穴に衣類や食物を入れ、買いだめの米や罐詰、焼けるくらいなら食べてしまえと、大盤振る舞いをする。ひっそりと息をつめて、市民は焼かれるのを待っていた。かすかに、ひょっとして自分の家だけはだいじょうぶなのではないか、すぐに否定するのだけれど、時折り、そのから頼みを胸にいだきながら。

六月五日午前五時に空襲警報が発令された。曇り空だが、雲はうすく、その白々と明けそめる少し前、B29の爆音がとどろきはじめる。今度はガラス戸が悲鳴あげるさわぎではない、耳や鼻から、無理やり音を押しこまれているような、しかもなんともまがまがしいひびきで、音の手ざわりというようなものを感じた。たしかに空気の密度が濃くなった。落下音がはじまる。空気を切り裂いて、わが頭上に無数の爆弾の降ってくるあの音について、どう描写していいのかわからぬ。しずけさをともなった騒音ともいえて、そこかしこ音がとびはねぶつかり合い、ある意志を持って襲いかかってくるのに、頭はシーンと、今度は家族や町内の人のおびえをそのまま感じとり、かすかなささやきすらも、ききとれるのだ。出しっぱなしの水道の音がきこえたし、床下の壕にはいった母の、あげぶた操作する音や、うつむいてクツのひもしめる父の衣《きぬ》ずれを、たしかにきいたと思う。ハタと音が失《う》せ、まったくの静寂が何百分の一秒かあり、つづいてパンパンパンと、クリスマスのクラッカーのごとき、軽い音が連続して起こった。

焼夷弾は直径六センチほどの八角形で長さ八十センチ、これが、何百本か束ねられ、地上に近くなってバラバラにほどける、いわゆるモロトフのパンかごというタイプで、その密度をいえば、六畳一間に十本の割りか、にしても、あのパンパンと軽い破裂音は、何なのだろうか。目の前におちた焼夷弾は、ただビシャッと土に突き刺さり、煙をもうもうと吐き出すだけであったし、黄燐をとび散らせる筒も目にしたが、音はなかった。

「焼夷弾落下」と女の声がした。気がつくと敵機襲来をつげる民間防空監視哨《かんししょう》の半鐘がのんびり鳴っている。ぼくは半分水のはいったバケツを持って道へとび出した。

女の声は向かいの原田さんの家からきこえる。土足のまま二階の階段へ駆け上がりかけ、その途中で、第二波の落下がはじまった。音に後ろ髪ひっつかまれて、後ろ向きのまま果てしなく落下していく感じで、頭のシンにもみこまれるような、痛さをともなう音であった。多分ギャアとかワァとか叫んでいたのではないか。階段からたたきおとされ、庭にからだを伏せると、目耳鼻を指でおさえて口をあけ、鉄カブトと防空頭巾があるのに、さらにバケツへ頭を突っこんだ。伏せているからだの下の大地が、揺れうごき、下腹を突き上げる。もはやパンパンも鐘の音もない、気がつくと音はなくなっていて、B29の爆音だけが、雲から降ってくる。ぼくは空を見上げ、鉄砲があればとねがった。撃ちかえしたい、やられっぱなしがくやしくて涙が出た。変に気の抜けた感じで、道へ出て、ぼくの家へもどろうと、ホッと家をみたら、庭の立ち木が真っ黒な煙を上げている、玄関がない、さらにたしかめると、ぼくのさっきまで、ちゃんとそこにあった家の半分が吹きとび、残る部分もメチャメチャにこわれていて、雨戸ははずれ、カーテンが屋根にひっかかり、窓よりは穴といったほうがいいそこからも、黒い煙がゆるやかに流れ出ている。くずかごであった。人の姿はない。「お父さん、お母さん」とぼくは三度呼んで、返事がないから逃げ出した。隣の丹波さんの家も、煙を吐き出している。

あたりは夕暮れのごとく昏《くら》くなり、赤い炎がつっと走る、道に下山猛さんという、父の碁友達が倒れていた。奥さんが必死で運ぼうとするが、重くて動かない。ぼくはお座なりに少し手伝って、すぐにまた逃げた。防火用水のそばに、手押しポンプが置かれていた。「家焼けてますねん、消してください」とさけんだ。だれもいない。そこから先の家並みは、ほんの五十メートルはなれただけなのにひっそり静まっていて、見慣れた朝のたたずまいであった。ぼくは走った。

六甲山のふもとへ、あとも見ずに駆けだし、落下音がきこえれば、どぶにとびこみ、どぶにかぶせた石のふたの下にもぐりこんだ。ほとんど人の姿をみなかった。目の前に、タケノコのごとく、数百本の焼夷弾が植わった。すべて不発だった。真っ赤な空に、金色の粉が雪のごとく舞いおちている。犬の遠ぼえがきこえる、つけっぱなしのラジオが、なにごとかしゃべり立てている。

山麓につくられた横穴式防空壕にとびこんだら、五つくらいの女の子が、人形とバスケットを持って、べつにこわがる風もなくすわっていた。木立ちのあい間からみえる海側はすべて火であった。立ち上がろうとしたら腰が抜けたというのか、すぐにしりもちをつく。

焼きつくして二時間後、火はおさまった。ぼくの家族も焼きつくされていた。

空襲は天変地異ではない

子供の頃、さすが「過ぎし日露の戦い」について、聞かされることはなかったが、神戸に住んではいても、家族親戚すべて東京生れ、震災を経験していたから、その惨状やら逃げるコツなど、かなり詳細に教わった。たとえば当時の履物は下駄が多く、鼻緒切れれば一巻の終り、硝子片《ガラスへん》などの散乱する道を歩けたものではない故、必ず予備を持たねばならぬ、そしてこれは兵児帯《へこおび》を鼻緒に通して巻きつけるのがいちばんい い。今となっては役に立たない知識だが、足ごしらえをしっかりしておく必要は確かにあろう、ぼくは都内の和風旅館にカンヅメされる時、いつも靴を室内に持ちこんでおく。

地震は、時世時節がどう移り変っても、関係なくやって来る、生活様式がどう違っていても、避難の際、火の始末身軽さと足もとの用心が第一であることに変りはない。

ところが、三十年前の日本を襲った空からの災難となると、これを教訓として伝えるにしては、内容がまことに複雑である、高次元でいうなら、「だから平和を守らねばならぬ」になってしまうし、手近かなことなら、「土の下三十センチに埋めておくと、たいていの火にも、衣類は焼けない」てなところ、語る方にも聞く側にも、切実さがうすい。

あえて空襲といわず、「空からの災難」といったのは、ぼくたち終始一貫この体験を、天変地異として受けとめている、これならすべてを運命と観じてあきらめやすい。しかし天変地異は必ずくりかえされる、前の体験から得た教訓は次の世代に伝えられ、生きるための知恵となるのだ。

ところが空襲は地震や風水害と、根本的にことなるから、これを防ぐ、あるいは被害を少くするためのコツなんてものは、伝承しにくい。空襲について、体験者は、自らも確めがたい苛立《いらだ》ちを覚えつつ、その実態を伝えようとし、絵空ごとでしか知らない人たちはまた、「くどいねぇ」とあっさり拒否もしかねて、不快気にいちおう耳をかたむけてみせる、この奇妙な関係は、すべて体験した連中に責任がある。

空襲を天変地異として受けとめることは、敗戦を終戦といいくるめたのと同じ、すりかえ、ごま化しなのだ、だからこそ体験として伝達されず、時と共にそれは風化するばかり。ぼくはこれまで、まったく身のほどもわきまえずに、何とか空襲が地震や風水害とはことなることを、はっきりさせたいと、しつこく書きつづけて来た。

　だが、焼夷弾の降りそそぐさま、その音響をいかに写し、黒焦げ死体の堆積の状態を克明にえがいてみても、どうももどかしい、こういうことも、もちろん必要であるにしろ、大袈裟にいえば、極東の島国が、近代国家として歩きはじめた頃から、もう一度自分なりに考え直さなければ、とてもこのことを書きつくせないような気がする。

　だから断片的に、空襲にまつわる感想をのべるしか、今はできないのだが、日本の内地だけで千万人以上の人が、家屋敷財産を焼かれ、五十万人かが焼き殺されたという、まことに無残な行為が、空からではなく、直接、侵略軍によって為されたものだったら、どうだろうか。

　焼夷弾筒に、串刺しにされた赤ん坊を、ぼくは見たし、両脚吹きとばされた子供の、息引きとる最後のまたたきも眼にした、この幼い命が、人間の直接手にした銃剣なり、あるいは投げつけた手榴弾によって奪われたのだと、はっきり判っていたら、かなり敗戦後の日本人の意識は、ちがっていたように思える。

　これなら天変地異でございとごま化すことはできない、戦争を惹き起す要因など、まことにこんがらがっていて、さらに偶然の力も加わるから、どっちがわるいなんてことではなく、もう少し、戦争の実態、これとの関わりかたについて、認識できたはずなのだ。

しかし、地上でくりひろげられる地獄図にくらべ、これをもたらした天上のB29は、あまりにも美しく、とても憎しみの対象に成り得なかったのだ。一九四四年初冬に、ぼくは初めてこの飛行機を見た、よく晴れた神戸の高空を、西から東に向けて、雲を曳《ひ》きながら一直線にとび去った。

これより二年半前、ノースアメリカンB25なる双発機を、眼にしてはいたが、こちらは日本の飛行機と大差なく、いかにもあわただしく遁走中の印象で、子供心にはむしろ軽んずる気持が強かった。

B29はちがった、いかに大本営が戦果を強調していても、戦域の移動をみれば、日本の劣勢は漠然と判る、だが必勝の信念にいささかのゆるぎはなく、いよいよ来たと覚悟決めるにしても、これを先き触れとして後につづく空襲についての、想像力が働かないから、ただもう素直に、美しいとのみ感じ、眼をこらせば、四つのエンジンと、そこから湧き出る白い雲が、はっきり見分けられる。

迷彩のために塗料をぬると、何トンか重くなる、ために、ジュラルミンの素肌のままなのだと、教師が説いた、敵の不利な点をあげつらっているようで、実はそれほど巨大な飛行機なのだという、逆の効果の方が大きかったが、さらに、金属の素材の、陽を受け光り輝く姿は、下界の人間に、一種の崇高さをさえ感じさせた。

あれが禍々《まがまが》しい色に彩《いろ》どられていたら、こっちも少しは、飛行機の乗員について考え、当時の言葉でいう敵愾心《てきがいしん》を燃え立たせたかも知れないが、単機のB29は鬼畜と結びつきにくい姿で、しかも位置関係が上下なのだ。

この頃のB29は、偵察を目的として、一万メートルの高度を飛んだ。これが同じ平面上で、十キロ先きにアメリカ軍が現れたとなれば、いかに白馬にうちまたがっていようと、キラキラ光ろうと、うちてしやまんのつもりになっただろう。

ニューギニア高地族は、飛行機を神としてあがめるそうだが、爆撃がはじまるまで、少くともぼくには、憎しみより憧れの気持が強かったように思う。

北ベトナムの人たちは、少女さえも対空火器を手にして、ファントムやB52を射つ、射つことで、とにかく人間と人間の戦闘であるという認識が生れるのではないか。ぼくたちに与えられていたのは、火はたきとバケツだけだった、いったんやられはじめたら、ただもう逃げるばかり、この地獄をもたらしたものが何であるかにまで、考えが及ばないのだ。

子供が串刺しにされた、クソッとばかり、かなわぬまでも銃を、低空に舞い降りて巨大なB29の、機影に向けて射つことができたら、子供の死についてのとらえかたがちがったろう。

逃げまどうだけでは、子供の死もまた運がわるかったとしか、またそう考えることで、自分を納得させるより方法がないのだ。

さらに、現在は反戦旧軍人として著名な遠藤三郎氏などが、当時「我に鉄桶《てっとう》の備えあり、空襲なんぞ怖れん、一歩たりとも退くな」と、世間を叱咤していた。こっちはてっきりそうなのか、わが優秀な防空戦闘機が、太平洋上でB29を捕捉《ほそく》撃墜、辛うじて日本上空にやって来た一機か二機の、督戦機に鞭《むち》打たれつつ、パラパラと老人の小便の如く、おぼつかなく撒き散らす焼夷弾筒など、濡れムシロでひっつかんでポイと、信じていた。

ところが、実際は余りにちがった、一軒の家に何十発と割当てられるのだ、人為的なこととはとても受けとれない、そして、焼ける家を放置して逃げる者は、敵前逃亡も同じといわれていただけに、逃げるに当って、これは空襲なんてものじゃない、とてつもない天変地異なのだと、自らにいいきかせ、ごま化したのである。

話はそれるけれど、長年戦地にいた兵士だって、東京下町のような集中砲火を経験した者は数少ないだろう、お国のために命を捨てて戦ったなどという台辞は、軽々しくいってもらいたくない。かつての日本軍は、自分たちの無能故に、本土への空襲を許し、そうなると、もはや戦場も銃後もないといって弁解、敗けてしまえば、また軍人の立場を強調し、地方人と差をつける。たいていの兵士よりは、こっちの方がよほど砲煙弾雨の中をくぐり抜けているのだ、赤ん坊までが、軍人のツケをまわされて。

ハンブルグもすさまじい爆撃を受けた、そして都市はたちまち廃墟となった。そこにはくずれ落ちた煉瓦が山をなし、屋根だけ吹きとばされたビルの壁が、迷路をかたちづくった。鉄とコンクリート、煉瓦ならば、爆弾攻撃を受けても、ガラが残る。日本の場合は、廃墟でなくて焼野原、自然にもどってしまったのである。

神戸でいうと、六甲山の山裾にへばりついて、何とまあ細々と暮していたのだなと、しみじみ判った、誰しもが、孜々《しし》営々として築き上げた結実の、たちまち烏有《うゆう》に帰した情けなさ、口惜しさを思うより、無より生じて無に帰るといった感じ、この焦土が何によってもたらされたか、自分はどういう形で、これに関わっているのか、いっさい考えない、ぼくは三度、空襲に遭っているが、直後にしろ、落着いてからにしろB29に対し呪咀《じゅそ》の言葉を吐く人を、ついぞ知らないのだ。

B29を、憎むべき敵として意識しにくかった理由の中に、たとえばその姿を、あっさり美しいものとしてながめてしまうような、後進国としての、劣等感があったと思う、もしあの空襲が、アメリカによってではなく、中国、朝鮮のもたらしたものであれば、同じ飛行機であっても、美しいとは見なかったろう、そして焼跡を前にした時の気持もちがったはずである。

空襲を天変地異とみなすぼくたちの気持の底には、まことに複雑怪奇なものがあって、その現象面をのみ取沙汰している分には、単なる記録から出ることはない。ぼくの体験などしごくありふれているけれど、空襲につづく敗戦、戦後の混乱の中にいて、大人の営みをながめ、そのあまりにあっけらかんとした表情を、しごく不思議に思ったのだ、これほどのことをしでかしておきながら、どうしてすべては他人ごと、過ぎたこと、それ以上考えないのか、当時、働きざかりだった人たちにたずねてみると、ものの見事に空襲も、戦争も忘れているのだ。

彼等にしてみれば、ただ通り過ぎていった時代、悪い星まわりで起ったことでしかないのだろう。ぼくもそう考えた方が気は楽である、だが、これが一つのさだめなのだろう、ぼくはべつにタイムマシーンをたよらずとも、あっさり空襲の頃にたちもどれる、B29の乗員に、今さら憎しみはもたないし、本土防衛空軍のだらしなさを、いきどおる気もない、ただ、戦争の責任と同じように、あの空襲をしつこく考えつづけることが、自分の、いわば業《ごう》だと思っている。

三十年前と、同じ形の空襲はもはやない、ボタン戦争が起ったとして、前の経験は何の役にも立たない。しかし、あの空襲を、むしろよびこんだぼくたちが、その後天変地異として納得したその精神構造に、いささかの変化もない以上、第二、第三の三月十日東京下町がくりかえされる。現実に、公害も、食料の危機も、車にはねられることも、教育問題も医療問題も、ぼくたちは、天変地異の一種として、あきらめているのか、対岸のことと観ずるのか、誰も、自分との関わり合いにおいては、考えやしないではないか。われわれは、日々空襲を受けているといっていい。

六月一日に終わっていれば

年毎の八月十五日を、われながら奇妙に思うほど、よく覚えている。もちろん、昭和二十年のこの日以後のことだが、たとえば、二十一年なら、北河内の、ちいさな灌《かん》漑《がい》池で、買出しのついでに、素裸のまま泳ぎ、二十二年のこの日には、夙川《しゅくがわ》上流の進駐軍クラブでボーイを勤め、四年前の八月十五日は、大阪でTVに出演、三年前は講演会と出版記念パーティーに出席、二年前が、歌手としてキャバレーの舞台をはじめて踏み、去年は東北へ旅行、この日が成人式の式典にあてられていて、妙な気がしたし、今年は、殿山泰司氏の出版記念会。

八月十五日を迎えるたびに、ああ何年経ったなあと、つい空をふり仰ぐ癖は、ぼくだけのことではないだろうが、焼け出された六月五日の方が、より切実な印象を伴っている。にもかかわらず、こっちはついとりまぎれ、この日だけ、鮮やかに浮き出してみえるのは、やはり、世間がなにやかや取沙汰するからだろうか。

ぼく自身は、十五日より、その前日のことを、克明に覚えていて、当時福井県の農村に落ちのび、まったく空襲の影さえないのんびりした明け暮れの中で、ラジオの警報に耳を傾け、よく思い切って逃げてきたものと、胸なで下ろしていたのだ。十四日に、大阪森之宮《もりのみや》の造兵廠《ぞうへいしょう》が爆弾攻撃を受け、この情況を知らせるアナウンサーの口調が、特に切羽《せっぱ》つまっていたわけでもないのに、ぼくは突然また怖ろしくなり、なったとたん、ラジオを通じて、爆弾の落下音や、炸裂する有様が生々しく伝わるように思い、大袈裟でなく耳をふさいだ。

十四日も、雲一つなく晴れ渡っていて、怖ろしさに表へ出ると、戦争などどこ吹く風といった表情の大人たちが、海岸から魚を売りに来た行商人をかこみ、闇米の値の取沙汰をし、盤台の上の魚は、ひどく青い肌をしていて、その丸い目に、くっきりと北陸の空の色が映っていた。

ぼくは、その土地にいても、きっとやられるだろうと、臆病風にさそわれ、といってさらに落ちのびる当てはない。八月一日にたどりつき、半月ほどの、のんびりした生活が、たちまち嘘のように思え、足もとに火のついた思いで、そわそわするうち、夜更けに重大放送が翌日正午にあると、知らされたのだ。

まさか終戦とは思わず、てっきり戒厳令が施行されて、といってもそれがどんなものだか分からないのだが、ともかくもっと一生懸命戦えということだろう、しかし、こっちは、三度火の洗礼を受け、今日只今の生命を大事にすることしか念頭にない。だから、聞こえにくいラジオで、玉音なるものを耳にし、戦争が終わったということだけは、はっきり理解できたから、しゃにむにうれしかった。もはや、空襲から逃げなくてすむと考えたとたん、まったく肩の荷を下ろしたような、しごく具体的なよろこびがあった。十四日にあらためて空襲におびえなかったら、多分、のんびりした田舎の雰囲気の中で、それほど強烈な解放感を味わうこともなかったはずで、大人たちは、しごく当然のように受けとり、怒ったり、口惜し泣きしたりする姿は、その地で、まったく見受けなかったのだ。

そして、十五日に終わるなら、どうして十四日の空襲が必要だったのか、さらに、八月十五日ではなく、六月一日に玉音なるものが放送されていたら、ぼくの家族も死ななくてすんだものをと、腹が立ち、なんということもなく暮れていく、あたりのたたずまいをぼんやり立ちつくして眺めるうち、さて、次にあらわれた恐怖は、空襲、あるいは本土決戦が、ついのさだめと決められていた昨日までは、家族があろうとなかろうと、大して差はない、早かれおそかれ、みんな死んでしまうはずなのに、戦争が終われば、事情が異なる。

幼い足手まといをつれて、どう生きていけばいいのか、まったく途方に暮れたのだ。死の前では、万人平等だが、生きのびようとすれば、さまざまな差別を経験しなければならず、自分に用意されているのは、しごく苛酷な道であろうと、予感があった。たとえば、雪である。ほぼ二メートル積もるという、その冬の寒さなど見当もつかず、降りかかる火は、どうにかふり払ってきたものの、雪をどうさけていいか分からぬ。

ぼくはまた怯《おび》えて、温暖な地方へ移ることを考え、いち早く冬に備え、翌日から川原に流木を拾いに出かけた。昭和二十年八月十五日のことを、きちんと整理して説明するなど、まだぼくにはできぬ。ただ、この日をさかいにして、脅やかすものが、火から雪に変わったことだけはたしかであり、二十六年経った今でも、あまりに晴れ上がった夏空を目にすると、いいようのない怯えが身内に生ずる、そして、かえらぬくりごと、六月一日に終わっていればと、ひどく自己中心的なことを、考えるのだ。

五十歩の距離

のっぴきならない危難から逃げることは、人間として当然だろうし、臆病であってもさしつかえないと思う。

しかし、五十歩逃げればいいところを、百歩逃げた者は、やはりその逃げすぎた五十歩の距離を身にしみて感じるもので、五十歩と百歩は決して同じではない。

ぼくはかえりみて、三度、逃げすぎている、逃げすぎたことのやましさが、胸の底に澱《おり》の如くよどみ、おりにふれて湧き上がるというか、常日頃、面そむけていようとも、時に後髪ひっつかまれ、ぐいとその前にひきすえられるといえばいいか、とにかく、逃げすぎたことのうしろめたさが、骨にからんでいる。

やましさ、うしろめたさの一つは、空襲の際、家族をみすてたことである。すべて焼きつくされた後、玄関のあったところに、径五十糎《センチ》くらいの、円筒形の殻が残っていたから、多分それが我が家を直撃したのだろうけれど、とにかくその落下した時、ぼくは二十米《メートル》ばかりはなれたよその家で、最初におちた焼夷弾の火を消そうとしていた。ふたたびすさまじい落下音が轟き、仰天してひっかえしたら、家の半ばがくずれ、残った部分から、これはまた朝もやの流れるように、のんびりと煙がただよい流れていて、他のすべて鮮明に覚えているのに、家のくずれたあたり、そこは玄関で、たしか父親がさっきまで仁王立ちになっていたところだし、その奥の床下の壕には母が身をひそめているはず、いちばん気にかかる、注意してしかるべきなのに、ぼくにはまるで記憶がない。庭の立木がぱちぱちとはぜ、まつろう黒煙は、やがて道幅いっぱいにひろがって、高曇りの朝を黄昏《たそがれ》とかえ、軒端に舌を出す焰《ほのお》まで、しっかと見とどけながら、くずれた玄関の記憶がない。もっと幼いのなら、あるいは強烈なショック、焼夷爆弾の直撃をうけて倒れた父の姿をみて、一種の記憶喪失になったとも考えられるけれど、ぼくは十四歳で、気もたしかだったと思う。やがていっせいに家の中が燃え出し、顔がカァッと熱くなり、ようやくわれにかえって、父母を三度呼び、返事のないまま逃げ出した。

それはもう一目散に、命惜しさだけで、後も見ず山のふもとまで走りつづけた。めらめらと燃え上がるまでの、わずかな時間に、機敏に行動していれば、あるいは救《たす》けることができたのではないかとは、考えない。くずれた家屋の下敷きになって両親は生きながら、焔にあぶられたのではないか、とまでは自分をさいなまぬ。しかし、一度も後をふりかえらず、山の横穴式防空壕へ入っても、ただ自分の身の安全ばかり考え、両親の安否にいささかも思いはせなかったことを思うと、ぼくはうしろめたい気がする。逃げすぎたような気がする。それは真上から幾千となく爆弾が降りそそぐのだから、逃げるのは当り前だけれど、ぼくは必要以上に逃げたのではないか。

二つめのうしろめたさは、一歳六ヵ月の妹を餓死させたことである。焼跡とそれにつづく混乱の中で、十四歳のぼくが、疎開していてたすかった妹を、空襲に追われる明け暮れ、育て得なかったとしても、それほど責められることではないと思う。にしても、骨と皮になり、成長過程を逆にしたように、最後は首もすわらず、泣声すら出なくなって、ぼくの留守にたった一人で死に、その骨を拾うにも焼けば粉しか残らなかった妹を考えると、自分ばかりを、かばい過ぎていたように思う。飢餓地獄にあったぼくは、妹の食い扶持《ぶち》まで胃におさめたし、こっちは半ば大人だから、盗み働いてでも、自分の体力を維持することができた。妹は、泣けばぼくになぐられ、おしめすらろくにかえてもらえないで、あのみじかい一生はなんだったのだろうか、ぼくに責任はないと、自分でいくらいいきかせても、ぼくは年長であったのだから、その点で妹の死の重みは、すべてぼくにかかってくる。今頃になって、感傷的に空腹の頃のあれこれ思いかえし、いわばいい気な良心の押売りととられてもしかたがないのだが、とにかく妹のことを考えると、なにもかも色あせた感じになる。五十歩の距離が身にしみる。

三番目は、少年院からの、脱出である。死んだ両親は、実は養父母であって、浮浪児生活の末、収容された少年院、同じような年頃の少年が栄養失調でころころ死んでいき、遠からずぼくも同じ運命かと、もちろん恐怖感はあったが、そこから逃げ出すすべないままに、ぼんやりしていた時、不意に実の父親がすくいの手さしのべてくれて、ぼくは一夜にして、空襲以後つづいた孤児生活から、またふつうの家庭に復帰した。自分の力でも努力でもない、まるで宝くじに当ったような幸運によって、それまで同じ境遇の仲間から、一人だけ、いわば雲上にのぼったのである。身寄りないまま残った少年の何人が、生き長らえただろうか、後にアウシュビッツ収容所の写真をみた時、思わず少年院の少年の姿とまちがえたほど、両者はそっくりであった。自分一人、単なる偶然で暖衣飽食の生活にもどり、これも当然とはいえるだろうが、かつての仲間になに一つしていない、浮浪児を、ぼくは裏切っている。

うしろめたさなどいうのはおこがましいのかもしれぬ。これだけ自分なりにわかったつもりでいれば、それはもはや形骸だけのことで、ひとりよがりな感傷癖なのかもしれない。にしても、ぼくがなぜ書くかといわれれば、このうしろめたさあればこそと思う。ぼくは、直木賞受賞式の際、死にぞこないの、不浄の文字書きつづけるといったけれども、つまりはとうてい、それ以外の文字などのぞむべくもなく、心中のかたわれ、神戸《かんべ》の長吉《ながきち》、卑怯未練な、わが志のべるしかないのである。別に、無惨な死にざま果たした、養家の肉親や、焼跡の少年達の鎮魂歌を書くつもりはなく、書けもしないが、その死にかかずらわって、ただ逃げてばかりいた、今、生き長らえる自分の、うしろめたい気持に、責めたてられ、あざ笑われ、ののしられつつ、ぼくはぼく自身のちいさい文字を書く。このことだけはたしかである。五十歩百歩の、その逃げすぎた五十歩の距離、五十歩のうしろめたさが、ぼくを焼跡闇市に、しばりつけている。

焼跡に謳歌したわが青春

青春というものは、それが過ぎ去って後に、思い当るのだそうだが、ぼくの場合、かなりはっきり、自分のその時期を意識できて、昭和二十年夏から、三十年夏までの十年間を、そう呼んでいいように思う、そしてこの時期には、まだ都会のどこかしらに焼跡が残っていたし、日本全体が貧しくて、焼跡の上に思いえがいた壮大な夢を、信じ得る時代だったといえる、つまり、敗戦によってあたらしく生まれかわった日本の、将来について、希望を持つことができた時代で、日本の青春と、ぼく自身のそれがかなり一致していた。

ぼくは、空襲で家族を失ったけれども、これが外地であればまた別だったろうと思うが、内地では、精神的な面でのたよりなさは別として、物質的には当座、親があってもなくても変りはなく、まず、ぼくが感じたことは、死んだ肉親に対する悲しみよりも、解放感であって、つまり、いながらにして家出したも同然であり、家出につきものの、残した家族に対する罪悪感さえない。

しごくあっけらかんと、それまでゆるぎなく見えた家が、あっさり焼けつくし、しかも焼跡のわが家は、ここで何人かが生活いとなんでいたとは信じられぬほど小さくて、町から一足とびに自然にもどってしまった、あのながめにふれた時の、異様な感動といったらない、当時の、いわゆる焼け出されが持っていた共通する明るさ、もとより孜々《しし》として何十年かの努力の末に築き上げた財産が、一朝にして烏有に帰したのだから、心たのしいはずはないのに、みなひどく明るい印象で、すぐ襲いかかった飢餓地獄に、焼けた者と焼けぬ者の差が生れ、いろいろ愚痴やくり言が出たにしろ、直後はしごくけろっとしていたのだ。それは、焼けるまでの不安から解放されたせいもあるだろうし、すべて平等に焼かれたためでもあるだろうけれど、空までが歩調あわせて、連日、一片の雲もなく晴れ渡って、地形の起伏そのままあらわした焼跡をじりじりと灼《や》き、またそこにささやかな人間の営みよみがえらせようとする努力を、あざ笑っていた。

青春というものが、なんらかの飢えの時期であるとするなら、ぼくの場合、その飢えはなによりも自らの生命を維持しなければならぬという、しごく具体的な形であらわれ、これは実に幸運だったと思う、焼けてから三十年まで、時勢をよみ、人に先んじて、とにかく金を稼がねばならない明け暮れがつづいて、のっけは、両親が遺した衣類、闇市に売ることからはじまったのだが、すぐ底をつくと、以後手がけた職業は、新聞ホルダー販売、写真画報販売、タイプライター入門書販売、新聞広告とり、パイラー、果物屋小僧、エロ本運び屋、自転車解体と、ここで少年院に入れられ、実父に引きとられて、人並み以上の生活保証されたにもかかわらず、一度、自分の力で金稼ぐこと覚えると、学生生活が身につかなくて、進駐軍物資横流し、基地労働者、ドッグボーイ、薪割り、不法住宅セールス、大工手伝い、偽DDT販売、アメリカ中古衣料販売、ヒロポン運び屋、知能テスト練習機販売、パチンコ必中機販売、プレート販売、ラムネ洗い、受験生宿泊斡旋業、人夫、林檎もぎ、鰯背負い子と、最後は北海道へおちのびて、ここでこういった少々まともでない職業のたねがつきた。

このうち、偽DDTとアメリカ中古衣料は、二十七、八年の金で、月に三十万以上もうかり、当時、同じようないかがわしい商売をしている大人に、土地買うことと、今のソニー、昔は東通工といっていた会社の株買うようにすすめられ、他にも学習塾をつくれとか、旅行社をやれといわれたのだが、前の二つだけは、たしかに買っておけば、莫大な財産になったはずだから、今もすすめた男、場所をはっきり覚えている。

その男自身がテープレコーダーをつくって、主に映画館を相手にセールスしていたのだが、この頃は、乱世の英雄ともいうべき、妙な才能の男がいて、ドル買いの名手やら、誰かが何を欲しいといえば、どんなものでもたちどころにそろえてみせる者や、その時々によって浮沈ただならぬ暮しぶりながら、奔放に生きていて、この連中もすべて、昭和三十年を機に、どこかへ消えてしまい、彼等は二派にわかれていて、一つは進駐軍をだまし、甘い汁吸う者と、食料を中心にする市民生活に密着して稼ぐグループだった。

ぼくは、進駐軍と、学生を食いものにし、しかし、いっさい資本の蓄積はおろか投資も行なわず、もっぱら酒と女に溺れていて、昭和二十八年には、あまり酒を飲み、暴れてばかりいるから、われながらいやになり、精神病院に入ったのだが、禁酒にまでいたらず、都合四回、酒の上で留置場に入っている、ぼくは、自分のだらしない生活を弁護する気持のためか、未来などいうものをいっさい信じなくて、ただその日その日を、自分なりに精いっぱい生き、心の底では第三次大戦をかなり本気で待ちのぞんでいた、どうせ、ピカドンでおわりになるのだから、地道な努力などつまらないと、刹那的に身を処し、これはあるいは、空襲の時のあっけない世の移りかわりや、また、戦争が終ると、鬼畜米英がとたんに人類の味方にかわった変遷ぶりが、影響しているのかも知れない、一方において、今日ただ今を必死になって、しごく具体的に食物を求め、現在だって、古米何百万トンが余っているとき、いささかも自民党政府を攻撃する気にはなれない、むしろ、そんなに余っているとは心丈夫なことだと、心がはずむのだし、逆に、いかに、いいから買います国産品といわれても、日本の繊維製品は身につけない、あたらしいシャツにしろ手ぬぐいにしろ、一度洗ってしぼると、たわいなくちぎれてしまった記憶から、抜けきれないのであって、この点で、ぼくはしごく執念深いのだ。

ぼく自身かえりみると、CMソングブームの時はその渦中にいたし、以後、TV、週刊誌、男性雑誌、小説雑誌と、うつりかわるマスコミの、その時々の、もっとも変転ただならぬ中に身を置いて、常に安定した立場に身を置くと、逆に不安が増し、これは昭和二十年代、わが青春の日々に身につけてしまったことだろうと思う、昭和二十九年になると、職業別電話帳の分類にも見当らぬような、いかがわしい、乱世の世渡りはすべて逼塞《ひっそく》し、世の中は、急激にあたらしくみえるが、結局は、古い秩序を回復して、一言でいえば闇成金、戦国の英雄はすべて没落した。

ぼくは食いつめて、禅寺に入り、半年修行して後に、父の選挙出馬という突発事があって、その手伝いのため、また娑婆《しゃば》にもどり、昭和三十年の夏、東京へ出てくると、もはやいかがわしいわが同類はいなくて、また、焼跡もかき消えていた、かわりに続々と鉄骨のビルがつくられ、そのたたずまいは、焼跡のながめの中から、漠然と思いえがいた未来とは、あまりにもへだたり、そして、ぼくが何かにつけ支えとした第三次大戦も遠のいていた、これからは、焼跡のない場所で、生きていかなければならない、かえりみれば、大学にこそ入学したけれど、卒業証書は小学校だけしかなくて、築き上げられた秩序の中に入りこむには、きわめて不利だし、第一、入れるかどうかもわからぬ、坂口安吾が死に、石原慎太郎があらわれ、もはや、目先の飢えはなくて、みな満ちたりた顔をしている。

かなりはっきり、ぼくは自分の青春の、終焉を感じたように思う、そして一足とびに老人になった如く、もはや、せめて自分一人が食うためのことを、虫けらやみみずの如くに、はいずりまわって果さねばならぬと、思いさだめたので、この気持は頑として今もある、ぼくは今でも、頼まれれば何でもやってのける、昭和三十年以後、今度は通常の社会にくみこまれた後のわが職業を紹介すると、写譜屋、楽譜プリント屋、芸能マネージャー、コント作家、CM作詞家、TV音楽番組構成者、流行歌作詞家、週刊誌コラムニスト、週刊誌トップ屋、ルポライター、TV雑出演、小説家となって、長続きしなかったものを含めれば、漫才師、コピーライター、CMタレント、ファッションモデルまであり、これはすべて二重三重にかさなり合っている、現在でいえば、小説が本業とはいうものの、ラジオ番組二本、TV一本のレギュラー出演しているし、CMソングをまだ作詞し、近頃は歌まで唄いはじめた。

これはすべて、自分の可能性をためしたいとか、あるいはスペシャリストを軽蔑するといった理由ではなくて、ひたすら食えなくなることが怖いのである。昭和二十年代には、例外的な時期はあったけれども、概して食えず、しかし食えない自分に安住して、手当りしだい何でもやった、にもかかわらず、今、食えないことを怖れるなど矛盾するようだけれども、焼跡で食えないことにはなれていても、現在のように高層ビル建ちならび、高速道路錯綜する世の中で食えない自分を考えると、身も世もないほど怯え、しかも自分の才能信ずるに足りないのが、なによりの理由だろうけれど、常に蛸《たこ》の足の如く、八方に脚をのばして、よりどころをつかんでいなければ安心できぬ、よりはっきりいってしまえば、自分の才能は別としても、自分を賭けた文章の、書けなくなる世の中がきても、ぼくは余りおどろかないにちがいなくて、その時に、自分を曲げてまでも売文によって、生活をたてることがいやだから、食うための拠り所を今求めているといってもいい、少々開き直ったいい方をすれば、自分の志をおとしめぬために、ぼくは歌を唄い、TVにも出演しているのだ。

焼跡育ちなどいえば、なにやら特別な体験のように考えられるけれど、現在の都会も亦《また》焼跡にちがいなく、そして、心のよりどころ失った若者をみていると、ついぼくは、闇市の周辺に群れ集っていた浮浪児を連想してしまう、そしてぼくたちは、自分自身の飢えを動物的にはっきり自覚し、その飢えを満たすためにどうすればいいか、わかっていた、自分が生きのびるために、かりに盗みを犯しても、また人を殺したって、かまわないと、かなりぎりぎり決着のところにまで追いこまれていたから、それなりに開き直ることも可能だった。

現在の焼跡、闇市にうろつく若者は、自分自身の飢えの形をつかみ切れないでいる、欲求不満の只中におかれて、何が不満なのか、暗中模索のまま、荒野をはてしなくさまよっているように見える、口腹の欲は満たされ、与えられた刺戟《しげき》満足させるにはほど遠いながら、それぞれにいくらかの充足感はあり、しかも不足する部分を補うために、どうすればいいか、さっぱりわからないでいる、ぼくたちの頃は、大人ははっきり敵であったし、また味方もそれだけに見分けることができた。

青春は、彷徨と惑いの年月だろうけれど、ぼくは、やはり焼跡という、あの思うままの夢壮大にえがき得た時代に、それを過ごし得て幸せだったと思うし、そして、ぼくもまた大人として、実は焼跡の上に、夢とはうらはらの、荒野をきずき上げてしまったことの責任を感じないでもない、こういういい方は、しごく口幅ったいと思うのだけれど、ぼくはあえて、自分の青春を讃美したい。

プレイボーイの子守唄

長女麻央《まお》は数えで四歳、満でいえば二年七ヵ月、モンキーダンスにチョコレート、塩昆布のお茶漬を好む。

生まれた時は、体重三千六百五グラムあって、大きい部類に属したが、現在十三キロ半、標準よりはやや小柄で、これまで大病したことはなく、ころんで頭を打ち、一針縫っただけ。

誕生日の一週間前から歩きはじめ、宝塚にいたことのある母親の影響なのか、歌にたいへん興味をもち、主なCMソング、流行歌はほとんど覚えていて、どちらかといえば神経質で、たとえば、ぼくがマオと呼べばいいが、うっかりマオスケといおうものならベソをかき、泣きやんでから妙に改まった口調で「パパ、おねがいだからマオスケっていわないでよ、マオかマオちゃんていってよ」と、やや照れながらいう。

ぼくは、いささか度を過ごした親馬鹿である。麻央が、あるいはオシッコを粗相《そそう》する、御飯を乱雑に食べ散らかす、またはうるさくまといつくというようなことで、母親にしかられると、いても立ってもいられなくなってしまう。たとえ仕事中であっても、いかにも悲しそうに涙を流している彼女を抱き上げ、書斎へともなって、その笑顔のもどるまで、さまざまにご機嫌をとる。

だから麻央は、母親にしかられる、あるいはその予感に脅《おび》える時、朝でも夜中でも、あわてふためいてぼくの許へ逃げこんでくる。

母親がいくらきびしくしつけても、ぼくがこういう調子では、効果はない。とわかっていても、ぼくは、麻央がさらに成長したならともかく、今は絶対にしかれないのだ。

と、同時に、ぼくが週刊誌などのインタビューの謝礼としていただく、ゴーフル、クッキー、チョコレートのたぐいを、ただもう気まぐれに、あたらしいものから封を切り、ちょいと口にしては、ほっぽり投げる麻央をみていると、怒りとも悲しみともつかぬ、ある感情で激し、胸がつまる。

はっきりいってしまうと、ぼくは贖罪《しょくざい》の心で麻央に対している、いや、育てているのだ。

かつてぼくには、二人の妹がいた。

ぼくは生まれるとすぐに、神戸へ養子にやられ、小学校五年になった時、養家先では、もう一人、女の子をもらった。

昭和十六年四月のことで、この妹は名前を紀久子といい、よく肥っていて、体格優良児コンクールに出せばいいと、隣組の人などが無責任にそそのかしたのを覚えている。

角力《すもう》の稽古でおそくなり、夕方、家へかえると、ふだんなら電気がついているはずの、六畳の茶の間がうす暗いままで、そこにちいさな布団が敷かれ、赤ん坊が寝ていた。養母、といってもぼくは自分がもらわれてきたことに気づいていなかったのだが、「昭ちゃんの妹よ、かわいがってあげてね」といわれた時、その場はフーンと気のない返事をし、養母が台所へ去ると、とたんに赤ん坊の枕許に膝をつき、しみじみと寝顔にながめ入り、それまで一人っ子ではあったが、とくに兄弟を欲しいとも考えなかったのに、こみ上げるようなうれしさに襲われ、それを気づかれるのがいやで、表へとび出し、ニタニタと笑いつづけていた。

養父母もおどろくほど、ぼくは紀久子をかわいがった。三月もすると、ぼくは紀久子を茶箪笥にまずおき、ついでくるりと背をむけて背負い、この年ごろの男の子にしては、少々へんなほどよく面倒をみたと思う。煉乳《れんにゅう》をといてのませ、おむつをかえてやり、子守唄をうたって寝かしつけた。

そしてぼくは、すでに赤ん坊がどうして生まれるかについて、かなり正確な知識をもっていたから、紀久子が、決してこうのとりに運ばれてきたのではなく、さだめし貧しい家庭に生まれて、とても育てられないため、この張満谷《はりまや》家にもらわれたのであり、それはきっと父親が戦死したためだろうと考え、この空想はまことに悲しく、かわいそうであり、よく一人で泣いたものだ。

麻央のためにぼくは子守唄をつくったことがある。これは必ずしも麻央だけにぼくが捧げたものではなくて、ぼくの心には、やはり幼くして死んでしまった二人の妹への、鎮魂歌といったような気持もあるのだ。ぼくは少年時代、ボーイソプラノの声をもっていたんだそうだが、いまはどうやら音痴ぎみ。麻央がむずかると、抱きあげて、無器用にゆすりながら、ぼくはぼくの子守唄をうたう。

泣きたきゃ　お泣きよ　麻央

悲しい涙　怖い涙
涙の一つ一つを
　パパが拾ってあげるから
　星のみえない空もある
　花の咲かない庭もある
　泣きたきゃ　お泣きよ　麻央
　いつでも麻央は　麻央なのさ
泣きたきゃ　お泣きよ　麻央
さびしい夢や　つらい夢
その夢の一つ一つを
パパが食べてあげるから
一人ぽっちの道を行き
冷めたい森に　まよいこみ
　泣きたきゃ　お泣きよ　麻央
　いつでも麻央は　麻央なのさ
泣きたきゃ　お泣きよ　麻央

いつでもパパが　みてるから
涙の一つ一つで
パパより大きく　なるんだよ

昭和十六年十一月十四日の午後十一時、二階に一人寝ていたぼくは、階下の異常な気配に目覚め、梯子段《はしごだん》のところまで来ると、「紀久ちゃん、紀久ちゃん」激しく呼ぶ養母の声がひびき、そのあまりに切迫した気配に、思わず立ちすくむと、「タオル、タオルでくるんで」養父がいい、すぐに玄関の戸の開く音がした。

ぼくは膝をガクガクふるわせながら、梯子のいちばん上に腰を下していた。生長の家の信者であった祖母が、「甘露の法雨」というのを声高くよみ、いったい何事が起こったのかわからぬが、紀久子の上に不吉な影のおおっていることだけは、しかと感じていた。

二十分ばかりして、ふたたび玄関の戸がひびき、祖母の駈け寄る足音、「どうでした」はや涙声でたずねるのに養父はいかにも力なく一言「駄目」とたんに女同士の号泣が起こり、養父はしばらくだまっていたが、怒鳴るように「紀久子、天国へいけよ、天国へいくんだぞ」といった。

二月三日が誕生日だから、十ヵ月余りの生命で、発育はきわめてよく、すでに歩いていた。死の前、風邪をひいて、膿《うみ》のような色の鼻汁を出し、苦しそうなのを見かねて、祖母は自分の口でこれを吸いとってやり、また緑色の便が二、三日続いているときいたが、ぼくの顔をみれば、ふだんのように笑っていた。

まさか死ぬなどと、つゆ思えなかったから、ぼくはただ呆然として、「昭如が悲しむだろう。今は寝かしておきなさい」という父の言葉の中の、自分の名前にひょいとわれにかえり、たしかに今、下へ降りていっても、とても涙など出そうになく、どういう表情をし、なんといっていいかわからないから、とにかく布団へもぐり、寝つきにくい時、常に思い浮かべるイメージ、それは急流の中ほどに水車があって、ひたすらまわりつづけるというただそれだけなのだが、これにすがってうとうとし、次に眼を覚ますと、すでに明けていて、まず線香のつよい香りが鼻をうった。

「紀久子は昨夜十一時四十分に死んだ。君は学校へいって、先生に休ませていただくようおねがいしてきなさい」ごく事務的に父はいい、紀久子は八畳の部屋に、北枕に寝かされ、顔にかけられたガーゼの白と、名前にちなみ、そして季節の花である菊が、すでに一面にかざられ、その色の対照があざやかだった。胸元に、半ば刀身をあらわした懐剣がおかれ、これは祖母が、十六でもって華族に女中として入った時以来の持物であり、それを祖母はキラリとひきぬくと、ガーゼをどけて紀久子の鼻にあてがい、つまり蘇生しやしないかと、息があれば曇るその刃を、しらべるのだが、ぼくには一瞬、祖母が紀久子の体を傷つけるのではないかと脅え、そして紀久子の顔色は、まだ生きていた時とかわらぬようにみえた。

四十九日まで、玄関を開けると、まず線香の香りが鼻をつき、そして初七日、二七《ふたなの》日《か》と、親族縁者寄りつどって仏前に経を誦《ず》し、般若心経、観音経、御詠歌、白骨の御文章など、完全にぼくは暗記してしまったのだが、このちいさな死について、前にぼくは贖罪の心といったが、当然、ぼくに責任はない。

紀久子の死因は、急性腸炎とされ、もともと、虚弱な体質だったのであろう。焼場からの帰り、父を戦場に失った遺児のように、骨壺の入った白い箱を胸にささげ持ち、バスに乗っていると、同じ学年で評判の美人が、たしか森秀子といったが、たいへん同情するまなざしでぼくを眺め、それがいかにもうれしくて、つまり、あまり突然の死に、実感がわかなかったのだ。悲しくなったのは、遺品のすべて、父の配慮で処分され、ただ厖大《ぼうだい》に買い占めた煉乳や、粉ミルクが防空壕にしまいこまれていて、食べ盛りのぼくは養母の眼を盗み、入りこみ、釘で罐《かん》に穴をあけ、ドロリとしたミルクを吸いこむ時、湿気の多い、昏い穴の中にひっそり坐っている時、わけもなく涙があふれ、無性に紀久子があわれに思えてくる。いったい何のために生まれてきたのだと、腹立たしくさえなった。

四十九日過ぎると、家の秩序は紀久子のこない前に戻ったが、ぼくの悲しみは、このころからようやく形となってあらわれたといっていい。赤ん坊がすぐに死んでしまうという脅えは、いまだに消えない。麻央が少し風邪でもひこうものなら、ぼくは実にしばしば、寝ている麻央の鼻先に、かつての祖母のしたごとく、さすが刃物は用いないが、掌を近づけ、かすかな息づかいをたしかめないではいられないのだ。ウンチをみて、色と形が通常ならば、それだけで麻央をやんやとほめ讃えたくなる。風呂へ入って、なんともちいさな麻央の骨格をみる時、これが生き続けていること自体、奇蹟のように思えて、おねがいだから死なないでくれと、祈りたくなる。

しかし紀久子は、まだしあわせであった。紀久子が死んでしばらくすると太平洋戦争がはじまり、そして今から思えば敗色あきらかとなっていた、だが当時は、いつか連合艦隊がアメリカをやっつけると信じこめた昭和十九年の三月に、二人目の妹、恵子が、これまた突然やって来た。ぼくは中学二年で、期末試験を終え、防空気球の空に浮かぶ春の午後、家へ帰ると赤ん坊の泣き声がし、生後二週間目の恵子が、祖母に抱かれていた。

紀久子の記憶は、よく肥り、絵にかいたような明るい赤ん坊として残っているが、恵子は、痩せていて、誕生過ぎても一人歩きができず、だがすでに、いかにも整った眼鼻立ちであって、「これはきっと楚々とした美人になるな」と、年相応に女に興味をいだきはじめたぼくは感じ、静かな赤ん坊とでもいいたい印象だった。

からだはちいさかったが、恵子は病気をせず、次第に激しくなった空襲に、冷たい防空壕で夜を過ごしても、脅えることなく、カタカタと鳴る木の玩具がお気に入りで、それさえあればきげんがいい。

三月十七日、四月二十二日の空襲はまぬかれたが、六月五日のそれは、ぼくの住んでいた神戸市灘区中郷町三丁目あたりに、まず手はじめの焼夷弾攻撃を行ない、たちまちすべての空間に、爆弾の落下音がみちみち、まるで手でさわれるような感じで、音がとびはね、そしてあたりきらわず焔を吹き出す修羅場にわが家は変じ、あれは絶対に攻撃というものではない、殺戮《さつりく》なのだ。養父は、二百五十キロの焼夷爆弾の直撃を受けて、五体四散し、養母、祖母もなくなり、疎開していた恵子と、まったくの偶然で生き残ったぼくが、焼跡にほうり出された。

疎開先へ恵子を迎えに行き、そこは大阪の郊外で、やがて夏にさしかかろうとする淀川の堤防に二人腰を下ろし、食べさせようと持って来た、焼け出されに配られる麦まじりの握り飯を雑嚢《ざつのう》から出すと、それはすでに腐りかけ糸をひいている。麦の中から白い米粒をえらんで恵子の口に入れ、恵子は無心に木の玩具をカタカタと鳴らし、淀の川筋を、どういうわけか自転車満載した船が、ゆっくりと下っていった。

西宮の、山の近くに部屋を借り、一度、空襲を受けたら、とても防空戦士などと気取ってはいられない。警報発令と同時に、安全度の高い横穴式防空壕に、恵子ひっかかえてとびこみ、臆病者とそしられたが、あのゴーッとうなりをあげておちかかる怖ろしさには勝てない。

貯水池と、そこから流れでる小川があり、夜になると無数の蛍がとびかって、草のしげみに手をのばせば、いくらもとれる。自分の息を胸に吹きかけて、せめて暑さをしのぎたいとこころみるような夏の夜に、蚊帳《かや》の中に蛍をはなし、かつて昭和十年であったか、神戸沖で観艦式があり、それを祝って六甲山の中腹に、戦艦をかたどったイルミネーションが夜かがやき、そんなことを蛍の、暗闇に点滅する光に思い出し、低く軍艦マーチをうたうと、恵子はうれしそうに笑った。父の財産は遺されていたが、闇で食料を買う才覚は、まだない。

ぼく自身十四歳で、食べ盛りなのだ。水ばかりといっていい粥《かゆ》を、ぼくが山からとってきた薪と、七輪はないから、まるでキャンプのように石をならべたカマドで炊き、いくら恵子に食べさせなければと考えても、粥をよそう時、どうしても底に沈んだ米粒を自分の茶碗にとり、重湯の部分を恵子に与える。いや、さじでその口に運ぶ時、つい熱いのをさますつもりでふうふう吹くついでに、自分がつるりと飲んでしまう。ぼくは一人っ子で、こらえ性がなくわがままに育った。両親を失い、急速に大人びはしたが、食欲だけは、どうにもならぬ。

日増しに、それでなくても痩せていた恵子は、骨があらわになり、あわててお腹にわるいとわかっていながら、脱脂大豆のフライパンで煎《い》ったのなど与えると、そのままウンチに出た。そのくせ、道ばたの家庭菜園から盗んだトマトを、これは持ってかえって食べさせようと心に決めていても、つい自分の腹中におさめてしまう。気まぐれな隣人が、恵子に水あめを箸にまきつけてくれれば、これもなめてしまう。食物が眼の前にない時は、いろいろ気づかって、お腹をこわしているようだから、御飯を工作でならったソクイつくるように、ねって与えようとか、香枦園《こうろえん》の浜へ行って魚をとって食べさせようと考えるのだが、いざ眼の前にそれをみると、餓鬼に変じてしまう。

恵子を足手まといに感じたことは、ほとんどない。塩が足りないから、四キロあまりを海まで、恵子を背負って歩き、海水をびんにつめてもちかえり、その往きかえりにP51にねらわれ、あわてて夙川《しゅくがわ》の川床にとびおり、すぐ眼の前を機銃の掃射が、キナ臭いにおいとともに走りすぎ、こういう時は恵子をしっかり胸にだいてかばう。おしめの洗濯も苦にならないし、同じ年ごろの中学生の集団のそばを赤ん坊ひっちょって歩くことに恥ずかしさを感じなかった。

ぼくは、恵子を愛していたと自信もっていえるが、食欲の前には、すべて愛も、やさしさも色を失ったのだ。

恵子はやがて、夜、ねむらなくなった。たぶん、空腹のためではないかと思う。しずかな赤ん坊だったのに、年中、泣きつづけるようになった。ようやくできた一人歩きも、たちまち逆もどりして、はうのがやっとの状態となった。顔つきも猿に似て来た。

恵子の生命力は、きっと強かったのだろう。骨と皮になっても生きつづけ、いくらとっても、すぐガーゼの肌着の縫い目にびっしりたかる虱《しらみ》とともに生きていた。夜、ほんの二十分ほど寝ると、たちまち火のついたように泣き出し、これには部屋を借りている家の人が文句をつけた。「家の子供は、昼間、御国のために工場で働いているんですからね、なんとかして下さいよ」五十がらみの未亡人が顔を合わせるといい、いや人のことをいう前に、ぼくも閉口した。

泣き出すと背負って表へ出る。もう蛍もいない。養父母の死を悲しむゆとりなどなく、うとうと歩きながら居眠りする具合で、ぼくはついにたまらず恵子をなぐった。はじめはお尻だったが、それでも泣くと、拳をかためて頭をなぐった。頭をなぐられると、恵子は泣きやむ。味をしめて、さすが昼間はやらなかったが、夜は、すぐになぐった。

ぼくは、いくら赤ん坊でも、痛さが身にしみると泣きやむのかと、自分勝手に考えていたのだが、つい最近、ある医者から、赤ん坊はすぐに軽い脳震盪《のうしんとう》をおこす。たとえば頭をどこかに打ちつけると、一分か二分気を失うが、大人はそれを眠ったとみて気がつかないものだという話をきいた。

この時、ぼくは自分で顔のあおざめるのがはっきりわかった。まるで別の話題から、この説がとび出てきたのだが、恵子の頭をなぐったという罪悪感は、常に心にひっかかっている。恵子は、泣くと痛い目にあう、だから泣かないでいようと思い、しかしつい泣いてコツンをくい、あらしくじったとベロを出しながら泣くのをやめたのではない。ぼくの、ねむい余りのうっぷんこめたコブシでなぐられて気を失っていたのだ。

西宮にもいられず、福井県春江に、ぼくたちはながれていき、戦争の終った一週間後、もう泣く力も食べる力もなく、うとうととねむりつづけ、ぼくが銭湯から帰ってくると、恵子は死んでいた。動かない、息をしてないとわかった時、紀久子の死の際の養父のように、タオルでからだをくるみ医者に走り、混みあう待合室で、錯乱していたのだろう順番を待ち、看護婦に「お嬢ちゃん、どこがお悪いの」ときかれた時、へんに恥ずかしかった。「死んじゃったんです」ぼさっというと、あたりの人間がドヤドヤとかこみ、恵子の額に手をあて、「あ、冷めたくなっとる」「かわいそうに」口々につぶやき、そこへ医者があらわれ、診察室に通しもせず、恵子の胸に聴診器をあて、「栄養不良やな、ようけあるねん」といった。

近くの寺の坊主を頼み、形ばかり経をあげてもらい、紀久子は紀芳久遠童女という戒名だったから、恵子にも頼むと、その坊主、かたわらの紙片に、ただ恵子童女とだけ書き、そのいかにもでたら目な感じに、ぼくは泣いた。

棺は座棺で、燃えにくいからと着物をはがれた恵子の、まさに骨と皮ばかりのからだがおさめられ、その周囲に大豆の枯枝が押しこまれて、いかにも痛そうであった。田圃の真ん中の、石の炉で恵子は木炭によって灰と化し、骨は、拾おうにも細々にくだけ、はじめから終りまで、かたわらにいたのはぼく一人、灰のひとつかみを、古い胃腸薬の空罐に入れてもちかえった。

恵子にしてやれなかったことを、ぼくは麻央にしている、といえる。

あの昭和二十年の夏、十四歳の少年が、一年三ヵ月の赤ん坊を、育てられなかったからといって、別に気にやむことはないだろう。恵子の運がわるかったといえばそれまでだが、しかし一年三ヵ月の赤ん坊の食物のピンをはね、その頭をブンなぐった記憶はなくなるものではない。麻央がゴーフル、クッキー、チョコレートを食べあらし、さては蜜柑《みかん》、リンゴ、バナナを食べ残すのをみる時、まったく感傷的といえばそれまでだが、恵子を想い出す。この一片でいいから食べさしてやりたかったと、胸が苦しくなる。贅沢になれた麻央を憎くさえ思う。タイムマシンがあったら、今あるお菓子をみんなかかえて、恵子に食べさせてやりたい。六月五日の朝から八月二十二日の午後死ぬまで、ついにお腹をすかせっぱなしで死んでしまった女の子なんて、あまりにかわいそう過ぎる。ぼくは恵子のことを考えると、どうにもならなくなってしまうのだ。

ぼくはだから、いい父親ではない。ぼくのような経験は、もちろん赤ん坊について、少年のころもっと特異な立場にあった方はいるだろうけれど、やはり特殊なもので、麻央に対しても、世の中の父親とは少しちがう。いや、実は同じなのかも知れないが、きっと他の父親はこうではあるまいと思うだけでも、世間並みとはいえぬだろう。

なによりも麻央があわれなのだ。いつ死んでしまうかと、常に脅えているし、ぼくにできることなら、なんでもしてやろうと真剣に考えている。麻央が、ハワイのなんたるかも知らず、ＴＶのＣＭをうのみし「ハワイへいきましょうよ」といえば、すぐに旅行社に電話をかけるような、馬鹿げたことをしてしまう。これは母親がもう少し大きくなってからの方が、記憶に残るといい、それももっともで、とりやめにしたが。

母親は、自分が産んだのであるという確固たる自信の上に立って、ある時は怒鳴りつけ、またお尻をひっぱたき、なんのこだわりもなく麻央に対している。ぼくは戦後、張満谷家から、実父のもとへ引き取られ、そこには若く美しい継母がいた。このあたらしい母はまことにすばらしい女性で、少年院などにいて荒《すさ》んでいたぼくを優しく迎えてくれ、どうにか現在、家庭を営んでいられるのも、すべてこの母のおかげといっていいようなものだが、それにしても、実の母ではない。

ぼくは女房によって、産みの母と、子供のつきあいを、ようやく知ったのであり、だからとまどうことがたくさんあった。女房はぼくと年が十一ちがい、やや甘ったれの面を、今も残している。そのため、麻央に向っても、いかにも子供っぽく、本気で喧嘩をしかけるような、ヒステリックな態度をとることがよくあって、こちらはただおろおろうろたえるばかり。

神戸の養母も、気の強いヒステリックな性格であった。お姑さんと年中いさかいをし、ぼくを、あるいは養父を仲にはさんで、最後には共に泣き出し、「勝手にしろ」といい捨て、自分の部屋にとじこもってしまった養父の、なんともいえず困惑し切った表情に、ぼくは男同士といったような連帯感を見出し、風呂に入るにも、宝塚へあそびに行くにも、養父と二人きりを好んで、養母がいっしょだと不機嫌になった。

今でも、ヒステリックにさけぶ女の声をきくと、ぼくはひたすら気が滅入る。そのヒステリーが、麻央にむけられている時の、ぼくの混乱たるやひどいもので、ぼくはしばしば麻央をつれて家出さえこころみた。

麻央が鼻水と涙にまみれて、ぼくの膝にとびこんで来ると、こんなおそろしい母に子供をまかせてはおけぬ。麻央は、脅え、ひねくれ、物質的にはいくらか恵まれていても、心は貧しくなるばかりとひとり合点して、不貞寝《ふてね》の女房を幸いに、着のみ着のままで脱出し、ホテルへ泊る。

しばらくは物珍しさもあって、はしゃいでいるが、夕方になるとぐずりはじめ、そして絶対に寝ない。「ママがかわいそうだから、お家へかえりましょうよ」「ママ、さびしいって泣いているよ」はじめはさりげなくつぶやくようにいい、やがては大人のように思いつめた口調で。「だってママは怖いだろう」「怖くないよ」「麻央しかられたじゃないか」麻央は少し笑い「だって、麻央ちゃん、いけないことしたんだもん」むしろヒステリックに怒鳴られたことを、なつかしむような感じなのだ。

神戸の養母は、ヒステリックな性格とはいっても、決してぼくには攻撃を加えなかった。デパートなどで、玩具売場にすわりこんでうごかない子供を、ねんねこでもう一人背負った母親が口汚なくののしり、子供はまたいささかも負けていないで、反抗する姿を、ぼくはいつも奇異の眼でながめた。いっさい荒い言葉でしからない養母こそ、本来の母親と考え、だが心の底では、うまず女《め》が、懸命になってよき母であろうとする演技に、ふと気づくことがあった。養父母の死亡届を出す時はじめて、戸籍抄本によって自分が養子と知ったが、「ああ、やっぱり」と考え、まったくショックはうけなかったのだから、はっきり疑うことはないまでも、予感のようなものはあったのだろう。

子供は、母の演技をすぐに見破るものだ、そしてまた、自分に加えられるいかなるヒステリックな攻撃の中にでも、子供は母親の愛情を感じとることができる。

話はとぶけれど、現在の教育ママをみていると、かつての養母を思い出す。実の母親でありながら、まるでもらい子をしたようにおどおどと、あるべき母の姿をあれこれ妄想しそれにあてはめようとして演技し、子供を混乱させてしまう。
かわいそうな養母は、ぼくや、あるいは紀久子、恵子に対し、懸命に母らしくあろうと努力し、ついにその一つも報いられなかったのだが、子供を産めない女の悲しみを、養母を想う時、しみじみと感じる。

母と子の関係に、民主主義も男女同権もあったものではない、いやフロイトも、児童心理学も知ったことではない。感情が激した時に子供をうち、激しく泣き出す声にさらに苛立ち、そのうちひょいと気がかわって、今度はいとしさにたまらず抱きしめるのが、本来の母の姿であり、そのおろかしさの中に、子供は骨肉をわけた母の愛情をかぎとる。

母はおろかなもので、父は滑稽な存在なのである。身につかぬこざかしさをふりまわす母ほど、子供をスポイルするものはなく、ある場合は子供を殺す。夭折《ようせつ》した子供は、しばしば母による殺人といっていい場合があるのであって、おろかな母には、絶対にこれがない。

ぼくは、自分が産んだのだという、あらゆる母親のいだいている確信を、どうしてもっと大事にしないのか不思議だ。男からみればグロテスクなほどの、その確信こそ、子供を支える最大のものであるのに。

はかなくみじめに死んでしまった二人の妹のイメージが、どうしても重なる年齢に、麻央はいるから、ぼくは父親としての資格はない。ホテルでの仕事が多いのも、同じ屋根の下に麻央がいると、その一顰一笑《いちびんいっしょう》に気をつかって、なにも手につかないからだ。

やや、ええかっこしいな言い方になるけど、ぼくも物書きのはしくれである以上、いつ殺されるかわからないと、覚悟している。その覚悟というか、確信めいたものさえある。いやその前に、事故で死ぬこともあろうし、酒のみだから、ポックリいってしまうかも知れぬ。これまた二人の妹のイメージに影響されているのか、いったいいつまで麻央をかばっていられるか、不安が常にある。

どんな環境におかれても、やさしい心だけは失わぬそしてそのための、父の唄を、ぼくは麻央に残してやりたいとねがう。たとえ、卑怯なぼくが麻央から逃げ出すようなことがあっても、かつてすばらしい父親のあったことを、誇りにできるような、一つの唄を、与えたいと考える。

今のところ、ぼくが娘にしてやれることはこれ以外にない。

焼跡闇市派の弁——直木賞を受賞して

受賞の報《し》らせは、伊豆修善寺の屋台できいた。修善寺には、雑誌連載中の読物の、お座敷ストリップ取材のため滞在していたのだが、実は結果はどっちにしろ、決定の当日、東京にいたくないという気持もいくらかはあり、にしても、朝からやはり気がかり、夕刻になると宿にいたたまれずさらに逃げ出し、屋台の老人の、愚痴まじり数奇なその身の上噺《ばなし》にきき入り、燗酒三本飲んだところで「当選です」同行のＯ青年に耳打ちされ、当選とは妙な表現だと、まず思った。

前回に較べ、このたびえらばれた「アメリカひじき」「火垂《ほた》るの墓」は、自分なりに納得のできるものだったから、候補となって、自信とはことなるけど、一種の安心感、はれがましい舞台に立たされることの、とまどい、身のすくむ思いはすくなく、当選の言葉にも、しごく素直によろこべた。

ぼくは、まったく徒党を組めない性格なのだが、これまでの分類のしかたを応用すると、焼跡闇市派であろうと、自分で考えている。この派に所属する年代は、昭和四・五・六年生まれに限られ、つまり同年に戦死者のない、積極的に戦争に参加できず、また、七年以降のごとく疎開もしない、いわば銃後市民生活の中核として、戦争の末期を過ごした経験をもち、敗戦の日「連合艦隊はどうしたァ」と絶叫し、占領軍の到来とともに昨日までの鬼畜が、今日から人類の味方にかわっちまって、おったまげ、そして、飢餓恐怖症の覚えがある、放出の兵隊服着こんだことがある、虱《しらみ》、疥癬《かいせん》を知っている。

さらにぼくを規定すると、焼跡闇市逃亡派といった方がいいかも知れぬ。空襲をうけて肉親を、焼跡と、それにつづく混乱の中に失い、ぼくだけが生き残った。燃えさかる我家にむけて、たった一言、両親を呼んだだけで、ぼくは一目散に六甲山へ走り逃げ、このうしろめたさが今もある。やがて少年院に入り、飢えと寒さのため、つぎつぎに死ぬ少年達の中でぼくだけ、まるでお伽噺《とぎばなし》の主人公のごとき幸運により、家庭生活に復帰し、ここでも、ぼくだけが逃げた、うしろも見ずに逃げこんだ。自分に対する甘えかも知れぬが、やはりうしろめたい。ぼくは、いつも逃げている。

ふつうなら上昇するにしろ下降にしろ、連続するはずの生活が、まず空襲焼跡闇市でもって絶ちきられ、つぎにまた突然ひっくりかえり、だから、単純に記憶だけをとり上げてみても、昭和二十年から二十三年にいたる間のことは、純粋に固定されていて、他の人なら、埋没されてしまうだろうことこまかなものまで、ぼくには明らかに残っている。空襲を、地震や火事、台風と同じように、一つの出来事としては、整理できないし、闇市の怒号を、戦後の混乱あらわすエピソードとしては考えられぬ。今のぼく自身をつくりあげたものはすべて、空襲焼跡闇市にあって、だからどうした、どうなったのだと、自ら説明はできないけれど、たとえば、つい少し前までの未来想像図だった高層ビルや、高速道路をみると、ぼくは廃墟にそびえるその姿、その上に輝く太陽を想い、米が豊作ときけば、実に浮き浮きと心楽しいし、ハノイ、ハイフォン爆撃の写真を眼にすると、矢も楯もたまらず怖くなる。落下音、爆発音、ひきちぎられた首や、枯木のような焼死体がまざまざとよみがえる。

直木賞を受けたぼくの二作は、いずれも、ごく素朴な、わが心情から産まれた小説である。だから、なにより愛着が強い。ぼくは、意識して、娯楽小説を書くつもりも、それ以外の小説を書くつもりもなくて、結局は、わが焼跡闇市への回帰を、鳥の声のようにくりかえすのだろうと思う。戦争反対の目的も、死んでしまった肉親や生活に対する鎮魂のつもりもない、ぼくはしかし、書かなければならないと思っているし、いささか自負の言葉のべるならば、ぼく以外のだれに、ぼくの構築する世界が書けるかと、考えている。焼跡闇市こそは、わが故郷なのだ。

受賞の翌日は、たいへんにいいお天気で、熱海スカイラインなるものを車で走り、ほどよきところで、富士の姿を背景に、まさに風呂屋の壁絵のごとき、受賞に満面の笑みうかべるわが姿を、カメラにおさめ、とたんにワーィとおどり出したくなるほど、うれしくなったし実感がわいた。富士には、直木賞もよく似合う。

再び焼跡闇市派の弁——神戸夏季大学講演から

直木賞をもらったとき、お前は戦中、戦後、戦無のどの派だときかれた。昭和四年から六年までに生まれたぼくたちは、そのどれにも属さない。無理に言えば「焼跡、闇市派」とでも言えると答えた。日本は〝大国〟であり、工業生産では世界第三位だと政治家はいう。昔と比べ、今はよくなったという論理で、現在を美化するために昔のひどさを強調する。だが私はちがう。

昭和二十年六月五日、十四歳の私は神戸で空襲を受けた。二年上の者は予科練に参加出来、二年下の者は疎開できた。神戸のはずれ（当時の）石屋川のほとりにいた中途半端な私は〝少年都市防衛隊〟の中核派といった存在だった。市民生活の中での戦争の防波堤——。だから〝空襲〟は私たちに大きく影響し、一生のがれられない傷を受けてしまった。毎年、八月になると言いたい。「戦争は天変地異でなく、人災だ」と。私の父母の世代は、空襲を天災と考えてだまり、今の戦無派は、昔の災難を何を今さらと不愉快がる。私も八月を語ることは苦痛だ。だが八月は、いく度でも思い出していいことだと思う。

東京で生まれた私は、養子になって神戸に来た。石屋川のほとりは当時、神戸に起こりつつあった重工業の労働力を住まわせる新興住宅地だった。私は気の弱い子だったが、戦争を生きてきた。生まれたときが満州事変、小学校の入学が日華事変、五年生で太平洋戦争にはいり、中学生で敗戦になった。生まれたときから戦争は私のそばにいた。だが悪い世の中とは思わなかった。日本はいい国であり、ぼくは世界一の〝隣組の組長〟になるんだと考えていた。焼夷弾が落ちたら、ぬれたムシロでたたけばいい、空襲なにをかおそるべし——と教えられ歌っていた。

十九年七月七日、サイパンが落ちた。それから空襲が始まった。七・七はダービーであり、参院選であり、日支事変だが、私にはサイパン陥落だ。それから本土空襲が始まった。

だから七・七は闇市派の〝根〟になった。

Ｂ29が、神戸の西から東の方向へ飛んだ。美しい飛行機雲が尾を引いた。二十年三月の東京空襲。六時間で十数万人が死んだ。殺された人は軍人でなく一般市民だった。五月二十二日、川西航空機の爆弾攻撃。西宮、芦屋、御影、灘がやられた。電線に女の髪の毛がからまり、足がはいったままのクツがころがり、子供の手を握ったままの母親が黒こげになっていた。ここは戦場でなく、ミソ汁をわかし、ふとんをしいて生活している生活の場だ。それが一瞬にして悪夢の形相になった。恐ろしい光景だった。

六月五日、御影にいた私は、明け方に空襲警報をきいた。浜からくるＢ29の二百五十機の爆音が、ガラスをゆすった。父は火はたきを持って玄関にいた。私はよごれてはいけないと悪い洋服を着ていた。焼夷弾がシャー（電車の音）とくるときは三キロ向こう。ジャー（夕立ち）とくるときは一キロ。ザーッ（波が引く）とくるときは真上と思えばいい、前の家へそれは落ち、私は消しに行った。すると今度は滝のような音がし、私は地にふせた。大地がゆれ、家が燃えた。私は六甲山のふもとまで逃げた。みな逃げたあとで、道にはだれもおらず、ふり返ると空から海へオレンジ色の幕がかかり、金粉が絶え間なく降っていた。ドブに身をふせ山へ向かって走った。雨が降り出し、焼跡のにおいがした。トタン板が舞い上がり、山から海まで何もなかった。フロ屋の煙突と小学校だけ。石屋川の川床には死体がごろごろしていた。阪神国道に出るとビラがあり「神戸市民のみなさんご敢闘ありがとうございました。敵は敗走しました」とあった。なんという欺瞞《ぎまん》。あのときから私は日本という国に不信をいだいた。道には死体がころがっていた。防空壕の中の死体が雨でふくれて盛り上がり、土がひび割れたり、歩いている母親の背中の子供には首がなかったり、体中にガラスの破片を受けて生きながら死を待っている人がいた。残酷でひどい死に方だった。戦災で死んだ人の記録をいつか書いてみたい。また、空襲が軍事施設だけでなく、明らかに市民を殺すためだったという確信もあり、近くアメリカへ調査にも行くつもりだ。

一歳半の妹と十四歳の私が生き残った。その妹も一生に一度も満腹せずにやせていき、骨と皮になって死んだ。空襲がおそろしくてたまらなかった。西宮、大阪、福井で空襲を受け、敗戦になった。よかったと思ったが、両親のいない子はこれからどうすればいいのかを考えたとき、不安になり、いっそまた戦争が続けばいいと考えたりした。戦後派は空襲を知らないと思う。あの恐ろしさは経験しないとわからない。私は経験をえらそうにいうつもりはない。わかってもらえないむなしさも知っている。

しかしあえていう。戦争で一番ひどい目にあうのは子供だということ。飢えたナイジェリアの子供、アウシュビッツのユダヤ人の子、ベトナムの子供たちの表情は、飢えて死んだ妹の表情と同じだ。三宮駅の構内にごろごろしていた子供たちの三分の二は死んだろう。小便のにおいの中で、何も食えずに死んだ子供たちに、一体何の罪があったのか。

戦争をやったのは大人の責任であり、今度戦争をしたらそれは私たちの責任だ。昭和の初めに、なぜ知識人が反対をしなかったのかと思うが、それよりも今の時代を考えたい。テレビの良心番組が続々と消えていく現実は言論統制だ。ひどい目にあった者は敏感になる。身の回りに起こるにおいをよくかいでほしい。昭和元禄の太平天国、ベトナムは対岸の火事と思うのもいい。だが一つまちがうと戦争は起こり、女性と子供はひどい目にあう。

泣きもせず、ものもいわず、ただやせて死んだ妹は、トゲトゲした大豆のカラに包まれて焼かれた。おいしいものというものを一生口にしなかった短い生涯。今、私の四歳の娘がアイスクリームなんか――とダダをこねるとき、私は娘がたまらなく憎い。とけたアイスクリームのほんの一なめでも妹にやりたかったと思うのである。戦争を子供に結びつけるやり方はセンチメンタリズムだろうが、やはり私は言わずにはいられないのである。

人間の知恵と悪知恵

戦争体験の継承について、いろいろいわれている、というより、戦争を知らない世代から、体験者に対して、はっきりナンセンスであると、刃がつきつけられている。ナンセンスであるとする理由は、まず、戦争は悲惨であって、二度と起してはならないと、口先きでのみいい、しかし、いっこうに「起してはならない」ための行動につながらないこと、また、前の戦争で、いちばんひどい目にあったと、信じこんでいる年代が、ただただ被害者の立場に自分を置き、完全な戦無派である子供たちに、あたかも功成り名を遂げた者が、若い頃の苦労噺するごとく、一方的に戦争体験を押しつける、そのいやらしさに反発する面、さらに、前の戦争と、これからの戦争は完全に形がちがう、つまり核兵器の使用されるかも知れぬ将来の大戦において、旧式戦の体験をふりまわしたって、屁の支えにもならぬという考え方などにわかれる。

なにも戦争に限らず、個人の間、世代間に体験の継承が完全になし得たら、人間はもう少し知恵のある生き方をしてきたろうが、ぼく自身は、かつての戦争の、ほんのはしくれを見た人間だから、若い世代がどう受けとめようと、その見たことによって知り得た、人間とはどんなものであるかにつき、ぼやきつづけようと考えている。

たしかに戦争体験は、風化しつつあって、二十四年たてば、それを戦争に限定するかぎり、むしろ当然のことであろう、「わだつみの像」がこわされたからと、びっくり仰天するより前に、ただその像を建て、八月十五日前後にしたり気な顔すれば、それでこと足りると、いつの間にか考えていたぼくたちの安易さにおどろくべきだし、戦争体験のいわば目玉商品、学徒出陣ばかりを問題にしていれば、いつの間にかすりかえが行なわれて、むしろ美化されかねない。ぼく自身、戦争そのものよりも、昭和初年から、十年代にかけて、急斜面ころがるように、戦争へ突入していった時代に、なぜ、その初期の段階でくいとめられなかったのかと不思議に思い、あれこれ当時の知識人の言動を調べたことがあり、ある時、転向ならぬ裏切りを発見して腹が立ち、また、ついに節をまげなかった大勇の士にふれ尊敬し、しかし、結論は、知識人の力とか、あるいは物書きの影響力なんてものは、その枠の中にとどまるかぎり、力弱い存在でしかないという、あきらめで、裏切りを怒ること自体がナンセンスに思えたのだ。

戦争もまた人間の営みであり、むしろ人間は戦争するためにできているようなところもある、他の人はいざ知らず、自分をかえりみれば、ぼく自身が一つの国家のように、権力欲支配欲があり、差別感があるし、自分さえ傷つかなければ、何百人が死んでも平気な気がする、他人に犠牲を強いて安逸に暮らしたい気持も強い、もとより、たとえば誰でも男なら、強姦してみたい欲望があって、しかし、それを実行する者と、思いつつ自制する者の差は、たいへん大きいにしろ、そしてまた、こんな風に良心ぶって何もしないことこそ、体験の風化ではないかと考えるが、他人ごとのように前の戦争における加害者を責め、自分を被害者にしたてても、詮方《せんかた》ない気がする。

結局、戦争についての認識は、人間についてのそれであって、いわばめちゃくちゃな存在、でたらめきわまりないからこそ人間であるという事実を、旧世代は、新世代に渡すべきではないか、それを、かりに卑怯といわれようと、臆病とののしられようと、そもそもこういった軽蔑語の概念だって、よく考えればわかりはしないのだ、と、にかく人類は、何万年かの間、戦争をくりかえしつつ、ここまで生きてきた、そして、今度起ったら、絶滅しないまでも、これまでとは比較にならぬみじめな状態に追いこまれるにちがいない、しかし、だからといって戦争はいけないとのみ声高くさけんでも、なんにもなりはしないと思う。

SF的発想だけれど、かりに核戦争が起って、いわゆる文明国すべて死滅し、ニューギニア高地族とか、ブッシュマン、エスキモーだけが残ったとする、そしてそこから、あたらしい彼等独自の世界をきずきあげることが、あるいは、人間の知恵と考えられないでもない、殺戮と差別の歴史の上に築き上げた、現在の地球上の、かたよった繁栄なんてものは、結局、滅びてしまうのではないだろうか、冗談ではない、バカも休み休みいえと、叱られるだろうけれど、いつの時代にも人間は、不当な理由によって殺され、奪われつづけてきた、それは、その時代、つまり人間に対する認識が不足していたからで、人間なんて、まさに何をしでかすかわからぬ存在、遠くはなれたところで、いっぺんに、十億人が死んだときかされても、自分と家族、あるいはとりまく環境に影響なければ、かなり平気で、いられるのではないか、お互いにそう思っているのだし、だからこそ、生きてもいける、ベトナムでナパームに焼かれた少女の苦しみをいちいち肌身に感じていては、むしろ生きるためには失格者だろう。だが、ナパームはいつこっちの頭上におちかかるかも知れないのだ。

だからどうしたといわれれば、ぼくは一言もないので、ただ、やれやれという気持が強い、そして四十近くまで生きられたんだから、まあいいやと考えている、人間についてて物書きのはしくれであるから、書きつづけているが、それすらも加害者の立場を強めるだけにすぎないかもしれず、と思いつつ、みずからは今日ただいまの口腹の欲充たすため、断つ気もない、戦争体験の継承は、かつての被害者が、今まさに加害者となってしまったという、認識のもとに行なわれるべきだろう、そして、二十歳になるやならずで、明日、自分の意志とまったく関係なく、殺されてしまうかもしれぬ、若者たちのおびえをこそ、まず認めるべきだろうと考える、国のため、民族のためと信じて、突入していった、二十四年前の若者は、いかに幸せだったことか。

返り見すれば二十八年

昭和二十年八月十五日、ぼくは福井県の、農村にいた。戦争が終ったと判って、やれやれこれで、焼夷弾や、機銃掃射から逃げまわらなくてもいいのかと、心底ほっとしたし、周囲の大人たちも、けろっとしたもので、泣いたりわめいたりする姿は、見受けなかった。

北陸へ疎開したのは、本土決戦なるものが近づいて来たらしく、太平洋側にいてはとても生き延びられぬと、考えたからである、ところが、平和になってみると、この土地は着のみ着のままの焼け出されにとって、たいへん住みにくい、十九年から二十年にかけて、全国的に雪が多かったのだが、ぼくの住んでいた機織り工場の、高い窓が破れていて、そこまで雪が積ったという。

神戸に育って、大雪の経験はないし、北陸の八月の空は、もう秋の気配が濃く、ぼくは、ほっとしたのも束の間、なにしろ特配の毛布一枚しかないのだ、ぞっと怯えて、これなら空襲の方がましと思った。火は一視同仁というのも変だけど、貧富の差を無視して焼きつくす、雪はちがう、防寒具のあるなしで、天地の開きができる、さらにいえば、平和な世の中は、家と親を失った者にとって、辛いことが多い、戦争末期なら、乳母日傘《おんばひがさ》の坊っちゃんも、みなし児も、ほぼ平等な立場でいられたのだ。

ぼくの、平和に対するのっけの認識は、このようなものだった。では、その時、終ってしまった戦争を、どう考えたかというと、さめて後の夢の如く、たちまち手ざわりがうすくなり、「新生日本」が当時の合言葉だったが、たしかにあたらしく生れて来たようなもの、八月十五日以前は、前世の感じだった。

「新生日本」あるいは「終戦」といういいかたについて、空々しいの、誤魔化しであるのと、よくいわれる、しかし、十四歳だったぼくでなくても、あの戦争は突如はじまり、ひょこっと終ってしまったのであって、客観的にみれば「敗戦」にちがいなくても、個人的実感は終戦なのだ。

政府は敗戦意識を当然骨身にしみて感じていたろう、そして、嘘八百ついていた手前、終戦といういいかたで誤魔化した、国民の方は逆に、受けとり方は終戦でしかないのに、敗戦が正しいとカッコつけたのだ、政府の誤魔化しは常套手段だから、とやかくいわぬ、しかし、われわれの方は、もう一度考え直す必要があるのではないか。

近頃になって、戦争世代は、戦無世代に対する、戦争経験の伝達がむつかしいと、慨嘆しはじめた、個人的な体験など、いかなる場合にしろ、他人に伝え得るものではない、体験を昇華させて文化、あるいは論理とならなければ駄目だと、説く人もいる。

しかし、戦争世代のすべてが、戦争を体験したのか、戦争もまた人間の営みの一つで、体験するもしないも、大したことではないと思うが、してもいないのに、したようなふりをすることは止めた方がいい、伝達がむつかしいのではない、伝えるべき経験が、実はないのだ。

ぼくは逃げていて、直接聞かなかったが、八月十六日、中学の教師は生徒を集めて、「思えば夢のようでありました」と、ぼやいたそうだ、これは当時の大人に共通する本音であろう。ぼくだってそうだ、そして夢のようなものは、体験といえない。学徒兵は、やたらと悲壮ぶって、戦争の非人間性をいい立てるけれど、彼等は戦争をしたのか、もししたのなら、同期生群れ集って、声高に軍歌がなり立てることはできないと思う。

戦争を本当に経験した人間なら、靖国神社の国家護持を、ことごとしくいいたてるはずはない、あるいは自衛隊の幹部にもなるまい、自画自讃の戦記も書かぬ。

戦死者だって、戦争体験をしたとは限らぬ、戦死した日が、彼にとっての終戦でしかなかった場合が多いだろう、ましてや、銃後にいた国民の、誰が戦争をしたといえるのか、空襲は、B29搭乗員にとってみれば、特別手当付きの戦争だったけれど、焼かれる方にすれば、カチカチ山の狸《たぬき》と同じこと。「われに鉄桶《てっとう》の備えあり、醜敵一機たりと侵入を許さず」「爆弾は当るものではない、百発に一発命中すれば上々の出来なのだ。つまり二千発で二十発、約二百名の死傷者が出るのであって、この程度は、聖戦遂行上当然の犠牲といわねばならぬ」てなことといわれて、そのつもりでいたら、とんでもない話、しかも、黒焦げの肉親の死体をみても、誰に殺されたのか、誰を呪い仇とつけ狙えばいいのか、さっぱり判らない。

あの時、せめて三八式銃でも渡されていたら、低空のB29に向け、引金をひくことで、敵を意識し、戦争体験者になれたかも知れない、火から逃げまどうだけでは、地震と大して変らないのだ。

腹が減った、着るものにも不自由した、憲兵にとっちめられたというのも戦争体験とはいえない、戦死した戦友のことを思えば、今は余生などと、したり気な台辞《せりふ》つぶやく者も、南方になお眠る英霊の遺骨を故国へと、さけぶ人も、戦争は経験していない。戦後二十八年間、戦争を肌身で経験したものは、だまりこんでしまい、していない連中が、したかの如く装い、声高に平和の、民主主義のと、ふれまわっているのだ。まったく無責任にいうのだが、本土決戦になっていれば、戦争をぼくたちも経験できたろう、自分たちの住んでいるところへ、戦車が轟々《ごうごう》とやってきたのなら、ぼくも、アメリカ兵を、敵としてはっきり認め、もちろん、あっという間に殺されてしまうが、弾丸で頭をぶっとばされた十四歳の少年の死体をみれば、生き残った人たちも、戦争を経験したことになる。本土決戦があれば、「新生日本」の姿は、かなりちがっていたと思う。本土決戦は第二の開国となったはずなのだ。

沖縄県民は、戦争体験の伝達がむつかしいと、やはり嘆いているのだろうか、むつかしいのは当然のこと、おそらく女々しいぼやきをこぼしなどしていないだろう。

焼跡の上に、アメリカ軍のジープをみたのは、二十年の九月二十五日である、これもぼくにとっては占領軍ではなくて、「進駐軍」であった、ぼくは家族を彼等に殺されている、だからかなりおびえて、その姿をながめた、親の仇なんだと、思いこもうといくら努めてみても、まったくその実感はなく、しかもGIににっこりされると、つい愛想笑いをしてしまう。そういう自分を口惜しいと思うより、ほお笑みかけられたことが、うれしいのだ。

ぼくだけではない、被占領国の口惜しさを肌身にしみて味わった者は、ほんのわずかしかいなかった、ここでまた無責任なことをいうと、北からソ連軍が「進駐」して、静岡糸魚川《いといがわ》を結ぶラインにより、分断されていたらどうか、われわれの政治についての認識は、まるで異っていただろう、日本列島の中に国境ができれば、体制のちがいについて、お互い肌でよく判ったはずである。

戦争を知らないのは、若者だけではない、大人というか、現在の中・老年も結局は上の空、夢の如くに、ある時間を通過させたにすぎない、そして、戦争という夢からさめて、今度は平和のまぼろしに、身をゆだねたのだ、焼跡の残っていた頃、それは丁度、パールハーバー奇襲成功のニュースに、天窓の開かれた思いを、多くの国民がしたのと同じく、新生日本の人民は、生々《いきいき》していた、衣食住に辛い思いを味わったにしろ、さわやかな感じだった。

それはまさに台風一過と同じもので、「新生」ではなく、すぐ「復興」がはじまり、この両者のギャップをうめるまやかしが、「世界人類の平和のために」「民主主義国家の確立」及びその他もろもろである、こんな空疎な言葉を、口にし文字にして、現実がどうであれ、悩むことも悔《くや》むこともなく、二十数年間やってこられたのだ、幻の年月、まやかし、それも幸せなまやかしの時代だったといっていい。

村会議員の選挙にすら、世界人類の平和がさけばれる、戦争を体験していれば、こんなスローガンは、出てくるはずがない。平和平和といって、それですむなら、戦争中の歌にだって「東洋平和のためならば、何で生命が惜しかろう」と、とっくに先どりされている、平和を守るためには、覚悟と意志が必要なのだ、「何で生命が惜しかろう」というのは物騒でいやだけれど、これなりに筋が通っている。「世界人類平和のため」に戦後の日本は、何を覚悟し、意志をもって行動したか。昭和二十一年の、六月頃だったと思うが、アメリカが南太平洋で、原爆の実験を行った、当時、科学者は、何万分の一かの確率で、連鎖反応が無限に起り、全地球が破滅するかも知れないと警告した。ぼくはすっかり怯えて、南の海をじっとみつめていた、二十五年六月、朝鮮戦争が起った、日本の基地から北朝鮮へ向けて、爆撃機がとび立つのであれば、これはもう報復を受けて当然と考え、その日のうちに、山の中へ逃げこんだのだ。

ぼくにとって平和とは、とにかく生命長らえることであり、逃げることが、平和にありつく唯一《ただひと》つの手段だった。戦争体験はないけど、空襲はさんざっぱら受けたから、その教訓を生かしたのだ、二十年代は、旅行すると、ここなら原爆でも大丈夫、あるいは食物にありつけるなどの視点から、風景をながめていた、こういった取越苦労の、うすれたのは、もはや戦後ではないといわれはじめた頃で、都会に焼跡が失せ、闇市の英雄すべて没落し、そして日本は見事に復興した、あくまで、平和とは逃げることなりに徹し、ドロップアウトをつづければ、ぼくも立派であったと思うけれど、あっさりまやかしに身をまかせたのだ。身過ぎ世過ぎのために、ありもしない体験を口にし、被害者の仮面をかぶった、焔の中に肉親を見捨てた自分を責め、幼い妹を飢死《うえじに》させた記憶を背負って、だからこそ平和は守らなければならないと、見得をきり、金をもうけた。

たしかに、苛責《かしゃく》は今だってある、夜、ひょいと思い出すと、いても立ってもいられなくなる、しかし、文字にしてしまえば、それで整理はついてしまう、甘ったれの空涙など、何の鎮魂にもなりはしないのだ。肉親を焼きつくした炎上の焔を、ぼくはよりしばしば美しい光景として思い出す、実に贅沢な経験だったとさえ考える。栄養失調の妹のかたわらで、かぶりついた夏のトマトの味は、決して苦くも辛くもなかった、あんなうまいトマトを、以後食べたことはないのです。

とにかく、新生ならぬ再生日本は、敗けに終った戦争の体験の、片鱗もとどめず、ということは何の知恵をつけることもなく、不死鳥の如くよみがえった、まやかしのボロをとりつくろい、化けの皮二重三重にひきまわして、大国となった。戦争遂行のために行った軍部のまやかしは、かなり押しつけがましかったが、戦後のそれは、悪い夢だった八月十五日までを、忘れるための、一億一心自発的まやかしであって、戦争世代のとるべき責任は、むしろ戦後にあるといった方がいい。

今の日本は平和国家なのか、これが民主主義体制というものなのか、外に向って武力行使をしない点では、平和だろうし、議会制度が確立していることを考えれば、独裁国ではない。しかし、この二つのお題目が、為政者側のまやかしであると、世間は気づいてるはず、ただ、これまでまやかしに自分たちも加担してきたから、いい出しにくいのだ、あるいは、まやかされている方が楽なのだろう。だが、為政者は、かなり前に目覚めている、世間と一緒に八百長をやっているふりをして、いつかポンと手を打って、幻からさめさせ、うろうろうろたえる世間に、あたらしい悪夢を与えようと、タイミングをはかっているのだ。

上からさめさせられる前に、さめなければならぬ、戦後二十八年間、まやかしの中で、ぼくたちは何をやってきたのか、焼跡はなくなったけれど、それにもまして生きにくい環境をつくり上げ、闇市は、はるかに大きな規模でよみがえっている、商社、不動産業はその親玉だろう。戦時中に楠公炊《なんこうだ》きというのがあった、あらかじめ米を煎っておき、熱湯に投じて密閉する、通常の三倍くらいにふくれるのだが、腹の足しにはならない、現在の繁栄とやらは、まったく楠公炊きに似ているのだ。

体質がかわらなければ、やることも、それによってもたらされる事態も、当然同じことになる、武力こそ用いないが、カサにかかった経済侵略、外に市場を求めなければ生きていけないというのもまやかしであろう、分をわきまえることを知っていれば、相手の立場に立ってものを考えれば、侵略などとそしられるわけがないのだ。なりふりかまわぬ設備投資が、高度成長に必要というのも、まやかしだ、補給線を長くのばすのと同じで、ひっくりかえるのは眼に見えている。そして公害の犠牲者は、繁栄のための、名誉の戦死なのか、水銀神社でもつくって、祀《まつ》ればいいと考えているのだろう。そもそも公害という言葉自体、まやかしではないか、私企業が利益追求のために、なすべき処置をせず、そのために死者が出たのを、なぜ「公」害というのだろう。

いわゆる公害をなくすことは、絶対に出来ない、島国という地理的環境を考えて、ほそぼそと操業していくより他ないのだが、ガダルカナル島に匹敵する悲劇が起らなければ、夜郎自大のわれわれは戦線縮小など、考えつきはしない。

戦争を本当に体験したのならば、まず自らの分を心得たはずである、そして、外国についての知識を身につけただろう、島国である日本にとって、この前の戦争は、海の向うにべつの国があると認識する、なによりのチャンスだった、今後起るボタン戦争では、こんなのんびりしたことはいってられないのだ。

何百万人もの戦争犠牲者は、結局、犬死であった、同じことをくりかえしているのだから。犬死たらしめないためには、間に合うかどうか判らないけれど、世間が早く自らにかけたまやかしを、捨てさることだ、まったく追いつめられている自分たちの立場を、認識して、逃げることだ。

平和国家、民主主義、空前繁栄、GNP二位、人間優先、福祉社会、まやかしの鎖を断ちきって、自分の眼で足もとを確めれば、いかに危い淵に立たされているか判るだろう。

戦争世代が、戦争体験を、戦無世代に伝えようなどと考えるのは、おこがましい。若い連中は、とっくにまやかしに気がついている、そして多分、若さ故に鋭い動物的本能で、先き行きに絶望しか見ていない、だから子供を殺すのだ、赤ん坊を育てたがらないのだ、外国のゲリラ活動に身を投じるのだ、どうしようもない日本にうんざりして。

戦後二十八年なんて、したり気ないいかたはやめた方がいい、八月十五日がどうしたというのだ、この日は、何の意味をもっているのか。戦争で死んだ人たちは、地震で死んだのも同じことなのだ、十五年戦争、太平洋戦争、大東亜戦争、そんなものはなかった、あれは、夢だったのです。あるいは、明治政府の富国強兵策以来、戦争は続いている、武力戦など、局地戦にことならず、けっこう経済戦略でいいとこまでいった時もあった、しかし、敵を知らず、おのれの分を知らぬ島国帝国は、今まさに破滅しかけていると考えた方がよろしいか。そしてまた、上御一人《かみごいちにん》の御聖断を仰ぎ奉りますか、どうせ同じことのくりかえしなんだから。

そしてあの、不思議に思うのですが、かしこきあたりにおかせられては、おん自ら今も田植えをなさり、新米を神にそなえなさる。つまり、国のシンボルは農なのに、工業立国をつづけるのはどういうわけだろう。

政府・財界は実に不敬のきわまり——。

すべてうやむやのまま七十年が過ぎた

戦後七十年、戦争を知らない世代がほとんどの世の中となって、平和国家を自任する今の日本。生命の危機を目前にしていたあの時代と、どこがどう違うのか。七十年という括《くく》りに何の意味もない。ぼくは未《いま》だ、負け戦を確かめている日々。

七十年前、昭和二十年八月十五日正午。玉音放送があった大日本帝国がなくなった日。敗戦国日本の始まり。だがこの詔勅に「敗戦」という言葉は出てこない。「万世のために太平をひらく」。これをぼくは福井で聴いていた。何を誰が喋《しゃべ》っているのか、周辺にいた大人たちの会話から、それが「玉音」であることを知った。

ぼくは中学三年。このふた月前の六月五日に神戸で家を焼かれ、一家は離散、ぼくはあと少しで餓死するところ、何とかしぶとく生き残ったが、一歳四ヵ月の妹は餓《う》えて死んでしまった。ぼくの知る限り、敗けたと泣いている人はいなかった。ぼくもこれで空爆が無くなった、焼夷弾、機銃掃射の恐怖も失せたと、ただ安堵《あんど》の気持だった。

ぼくは昭和五年生まれ。昭和十二年の春、小学校入学。その年の七月、中国との戦争が始まった。連日、大日本帝国軍の戦果が伝えられ、敗けることがない。こっちは軍国教育にどっぷり浸《つか》る毎日、大日本帝国のもと、男子として生まれた有難《ありがた》さを教えられていた。

やがて昭和十六年十二月八日、ぼくが小学五年の時、アメリカとの戦争が始まった。軍国教育というものが、いったいいつから始まり、世間に浸透したのか、ぼくら昭和ヒトケタ生まれの者にとって、軍国主義の世の中があたり前。軍事教練が教育の基本、忠君愛国こそ生きる上で心得るべき徳目。といっても案外、うわの空だった。

ぼくらの世代は、かわいそうな軍国少年と見られてきた。だが、皇国史観に毒されていたとは思わない。ぼくに限らず、敗戦前後、十歳そこそこだった少年少女は、お国のために命を棄てる覚悟など、まず抱いていなかった。考えてみれば当然のこと。たかだか十歳ちょっとで、天皇についても、人の姿をした現人神《あらひとがみ》、神様だとはちょっと考えにくい。「死」そのものについても同じ。また、世間も「一億一心」「八紘一宇」その他、勇ましいスローガンを掲げてはいたが、皆がみんな、赤目を吊っていたわけじゃない。けっこうしぶとく、ごく普通の明け暮れを過ごしていた。

軍はしかし、天皇をカサにきて、軍中心の社会を築かんと考えていた。軍事教練、愛国婦人会、また、戦意昂揚歌が作られ、もてはやされていた。「我に鉄桶《てっとう》の備えあり、醜敵一機たりとも神州に侵入を許さず」。これは昭和十九年、秋ごろのお上発表。しかし、まもなく日本列島は空襲の雨。勇ましい大本営発表とは裏腹に、日本は敗けてばかりいた。

沖縄戦における本土防衛のための勇戦奮闘は、いたずらに沖縄県民の死者を増やすばかり。むごたらしい被害、沖縄県民の命は棄て石にされ、一方、本土の民草《たみくさ》は、一体、沖縄で何が起きているのか判らない。次はいよいよ本土決戦か、こっちも危ないらしいと見当はつくものの、どこか他人事めいていた。

戦争末期、当時の大人たちは何を考えていたか。ぼくは中学三年、勤労奉仕の毎日。本土決戦となれば死ぬかもしれないと、ぼんやり考えつつ、艦砲射撃で吹き飛ばされるか、火焰放射器の焰《ほのお》にくるまれるのか、死への想像がつかず、具体的な恐怖感と結びつかない。町内の大人たち、もはや何の役にも立たないと心得つつ、防空演習、消火活動などにいそしみ、物資の不足はあるものの、まずは安穏に過ごしていた。

かつて、言論統制の世の中、活字業界もまた、どんどん窮屈になっていった。大日本帝国のやり方に少しでも異議を唱えれば、たちまちつぶされてしまう。それは出版元のみならず、記事担当者及びその家族にも害が及ぶ。非国民のレッテルを貼られ、妻や子は町内から後ろ指をさされる。当時町内では、上辺まとまっているように見えて、実はてんでんバラバラ。また密告が流行《はや》っていた。例えば、軍の悪口を言う。腹が減った、物が足りない、など愚痴めいた言葉、どこそこの誰それが餓え死にしたらしいなどのコソコソ話。はじめ冗談交じり、他愛《たわい》ないやりとりであっても、戦争が激しくなるにつれ、一切許されないタブーとなった。大日本帝国の意向に背くような言辞を弄《ろう》した者は、すなわち非国民。それを発見した者は黙っていてはいけない。密告奨励の風潮が広がっていた。そんな世の中に疑問を呈する知識人が数少ないながら、いるには居たが、そもそも発表の場がなかった。

今、発表の場はいくらもある。だが、各メディア、例えば政治家の揚げ足取りに終始。日本の新聞も不偏不党を装いつつ、お上に追従。今、起こりつつある重大な問題について、自分でとことん調べない。

七十年近い前の大人たちが、いったい何を考えていたのか。ぼくは戦後、知識人、文化人の手による日記を読んだ。厭戦の想い滲《にじ》むものもあるが、多くは日常の瑣末《さまつ》な事柄についてあれこれ記している。日記を読む限り戦争を運命と見做《みな》し、諦めている様子。

ぼくの養父は、戦争が身近に迫るのを感じつつ会社へ出かけていたし、帰宅してからのぼくは、のんびり読書などもしていた。周辺の大人たちも、あたり前の日常を平静に過ごしていたように思う。戦争を自らのこととして受け取ったのは、B29による主要都市への攻撃。昭和二十年八月。日本の主な都市は、ほぼ全て焼野原。だが、この空襲を日本人は天災の如く受け止めた。このあたり、原発事故に対する、今の日本人も同じ。

敗戦直後、ラジオ番組「真相はこうだ」が放送されていた。そこではぼくらが知らされていた内容とは、まるっきり逆のことが伝えられていた。大日本帝国軍の強さ、勇ましい戦果など、まったくのデタラメ。日本の劣勢は、早くから判っていた。まったくひどいものだった。だがこれも、またどこまでが本当かは判らない。何しろGHQのもと番組はつくられていた。南方帰りの男が、そんなもの信じるなと言った。お国のために命を棄てる覚悟で戦い、生きて帰ってきた。そんな自分たちを尊敬して当然という思いがあったのだろう。帰ったものの、彼らの多く、落ち着ける場所の見付からないまま、何を目安に生きていけばいいのか判らない。夫が戦死、また当時、十三歳の少年ですら、皇軍兵士となって命を的に戦った者もいる。空襲で焼け死んだ人、沖縄では地上戦も行われた。

あの戦争は何だったのか。焼跡の上でみな食うや食わず。今日明日、生きるのが精一杯だった。だが少しゆとりが出来たところで、敗戦を敗戦として受け止める必要があった。すべてうやむやのまま、七十年を経て、今、戦争を知らないことについてすら、知らない人が増えた。この七十年、敗戦国日本は、三尺下がってアメリカの影を追いつつ、御説ごもっともと、揉《も》み手をし続けている。「平和」「繁栄」「自由」「平等」これさえ唱えていればそれで良し。景気こそすべてとお上が宣《のたま》い、これを世間は支持している。

特定秘密保護法が施行され、安倍首相は憲法改正に躍起となっている。下地造りは着々と整いつつある。やがて、国家は国防力の発現によってしか、生存の保障はないと、平和主義の名を借りた侵略主義がよみがえってくる。

戦争は馬鹿馬鹿しい。馬鹿馬鹿しいだけじゃなく、むごたらしい。それを後世の人に伝えることは、少しでも戦争を知る者に課せられた義務。ぼくも折にふれ、戦争は何も生み出さないことを文字にしてきた。だが最早、手遅れかもしれない。今の日本、一種の夢遊状態。かりそめの豊かさは長続きしない。日本に再び敗戦はない。次は滅びるだけ。かつて愚鈍なリーダーのもと、大日本帝国は戦争に突き進み、崩壊した。日本の先行きを決めるのは国民である。他人任せの、思考停止を続ける以上、日本の未来はない。

解説　野坂昭如における責任のとりかた

村上玄一

自己の戦争体験を下敷きにして綴った「火垂《ほた》るの墓」「アメリカひじき」の二作品で昭和四十三（一九六八）年に直木賞を受賞した野坂昭如は、「焼跡闇市派の弁」の中で、次のように述べている。「ぼくは、意識して、娯楽小説を書くつもりも、それ以外の小説を書くつもりもなくて、結局は、わが焼跡闇市への回帰を、鳥の声のようにくりかえすのだろうと思う。戦争反対の目的も、死んでしまった肉親や生活に対する鎮魂のつもりもない、ぼくはしかし、書かなければならないと思っているし、いささか自負の言葉のべるならば、ぼく以外のだれに、ぼくの構築する世界が書けるかと、考えている」。当時の野坂にしては、珍しく真摯で強気の発言である。

戦後二十年が過ぎた当時、昭和四十二、三年と言えば、「昭和元禄」真っ盛り、ミニスカートが流行し、新宿には「フーテン族」が現れ、カラーテレビ、クーラー、カーが必需品の「3C時代」が到来、「焼跡闇市派」は最も場違いの言葉だったかもしれない。多くの日本人は敗戦時を思い出したくはなかったに違いない。

この野坂の言葉に、相当の覚悟が秘められていたことを、当時は誰も気づいていなかった。それは野坂のそれまでの言動があまりにもスタンドプレー的で、人騒がせでスキャンダルめいていたことにも由来するが。

野坂は、敗戦を忘れて浮かれている世相に我慢がならなかった。「日本はこんなことでいいのか」、敢えて「焼跡闇市派」を宣言し、国民に警鐘を鳴らす時ではないのか。野坂がその思いに至ったのは、少年時代の「戦争体験」が消えぬまま心の奥に燻《くすぶ》り続けていたからであることは言うまでもない。

直木賞を受賞して、野坂昭如は「大変身」を果たす。受賞前と受賞後の編著書のタイトルを見較べると、その変身ぶりが如実にわかる。

受賞前の昭和四十二年までに出版されたのは、『現代野郎入門　これがプレイ・ボーイだ』『プレイボーイ入門　スマートに遊ぶ男性のために』『エロ事師たち』『立ち読み厳禁の書　刺激の欲しい人へ』『男の狂化書　精神強壮の媚薬』など。『プレイボーイ入門』はベストセラー、『エロ事師たち』は三島由紀夫、吉行淳之介に激賞された初の長編小説、あとの三冊は新書判の雑文集である。当時、野坂昭如は既に「著述業」であった。しかし、どこまで本気で「文筆家」を意識していたかは疑問である。

野坂が心血を注いで書いた『赫奕《かくやく》たる逆光　私説・三島由紀夫』(文藝春秋　昭和六十二年)には、次のようにある。「自分と同じ時代に、『煙草』の作者〔三島由紀夫〕が生きている、あっちが『光』でこっちは『影』というひがみじゃない、三島由紀夫が、ちゃんとやってくれているのなら、こっちはどうであってもかまわないという気分だった」。

野坂昭如にとって、戦後の二十年は自暴自棄的「破れかぶれ」の連続だった。だが、転機が訪れた。それは昭和四十二年の前半『婦人公論』に発表した「プレイボーイの子守唄」と「続・プレイボーイの子守唄　飢餓地獄からの生還」の執筆である。この時、はっきりと自分の文筆家としての方向を確信したはず。この年の後半、「アメリカひじき」を『別冊文藝春秋』に、「火垂るの墓」を『オール讀物』に発表、真面目に意識的に、直木賞受賞を目指した。

翌年一月、その二作で第五十八回直木賞を予定通り射止め、「プレイボーイの子守唄」で第六回婦人公論読者賞も受賞している。この自信が「焼跡闇市派宣言」につながった。

直木賞受賞後、野坂昭如は、本業の作家と並行し、歌手、タレント、政治家などとして多方面で活躍したが、小説では『戦争童話集』『一九四五・夏・神戸』『新宿海溝』『行き暮れて雪』『ひとでなし』など、エッセイでは『風狂の思想』『《不安者》の予言』『アドリブ自叙伝』『生キ残レ少年少女。』『わが桎梏《しっこく》の記』など、戦中、敗戦、戦後を綴った作品を多く残している。「焼跡闇市派の弁」での宣言を裏切らなかった。

NHK教育テレビ「人間講座」の『「終戦日記」を読む』が開講されたのは、平成十四（二〇〇二）年の夏。昭和の時代は彼方《かなた》に去って、終戦から既に五十七年が経過していた。戦後六十年を目前にし、戦争を振り返る「静かなブーム」が起きていた時期でもある。その講師として出演を依頼され、本書の基となったテキストを執筆したのが野坂昭如であった。

そのテキストの「開講のことば」（本書「まえがき」）で、野坂は日本人の終戦当時の日記について触れ、公刊された著名人のものだけでなく、「ふつうの人たち」の日記を見つけては購入していたと書いている。先に引用した『赫奕たる逆光』にも、次のようにある。「日記を集めていた時期がある。世間の瑣末《さまつ》な日常をうかがうのに便利だと思い当ったからで、『週刊新潮』の掲示板にその旨を申し上げたら、たちまち六種を入手できた。（中略）いかなる経過をたどってのことか、古書市にもしばしば市井の人の日記が出る。（中略）しかし、いかに資料のつもりでも、他人様の私事をのぞきこんでいるやましさがつきまとい、（中略）ナマの字は読むのに疲れるだけじゃなく、陰気な迫力があって、薄気味悪くもなるのだ」。

市井の人の日記を集めていた野坂だが、『「終戦日記」を読む』は、既に刊行された、伊藤整、大佛次郎、海野十三、高見順、永井荷風、中野重治、山田風太郎など、知名度の高い作家の日記・資料に頼っているところが大きい。例えば、日本の敗戦を信じず死まで覚悟した海野十三と、終戦時には日本の将来を見据えていた山田風太郎の日記、その違いは明らかで、そこに戦争の一側面を垣間みることができる。だが、第三者の目を意識して書かれた部分も多々あるだろう知識人の日記とは違い、野坂が収集した市井の大人たちの日記は、読んでも「陰気な迫力があって、薄気味悪く」、「人間講座」では取り上げる気にはなれなかったのだろう。

唯一、例外として引用されたのが、『広島第一県女一年六組　森脇瑤子の日記』である。特に広島原爆投下前日の日記の、「明日から、家屋疎開の整理だ。一生懸命がんばろうと思う」の文章に、野坂は打ちのめされている。被爆して亡くなった彼女は当時十三歳、昭如少年は一歳八か月年上、彼女の日々の暮らしぶりが激痛となって身に沁みたであろう。昭如少年も彼女と同様、日本が戦争に勝つことを信じて「一生懸命がんばろう」との姿勢で日常を送っていたのである。自分は生き延びることができた。しかし、国の戦勝を夢みて死んでいった少年少女たちはどうなるのか。自身、辛い戦争体験をしているだけに、その無念に胸を圧し潰されたに違いない。

また、『「終戦日記」を読む』と題してはいるが、多くを占めるのは、野坂昭如の個人的な「戦争体験記」である。当時の大人の戦争に対する見方は様ざま、中には偏《かたよ》りすぎた考え、無定見、他人任せの楽天主義、無関心もあっただろう。日本人は本当の戦争を知らない。だから自分は自分の戦争体験を語るしかない。それが野坂昭如の率直な思いであり、それを実行し続けたのだ。

平成十七年七月、『「終戦日記」を読む』のテキストは、単行本として日本放送出版協会から刊行された。その「あとがき」は次の如く締めくくられている。「繁栄を遂げたこの国に、現在物は溢れかえっている。だが未来の姿は見えない。これはぼくらの世代の責任でもある。少しでも戦争を知る人間は、戦争について語る義務を持つ。もはや残された時間に限りがある。ぼくはぼくなりにあの戦争と向き合い、書き続けることこそ、自分に与えられた業《ごう》だと思い定めている」。

直木賞受賞後の野坂昭如の文筆家としての仕事を見ると、多岐に亘《わた》っているけれども、年月が経過するにしたがって、戦争や戦争後の日本について語る機会が多くなっていく。例えば、出版された著作物のタイトルを挙げると、『敵陣深く』『堕ち滅びよ驕奢《きょうしゃ》の時代』『国家非武装されど我、愛するもののために戦わん。』『我が闘争　虚仮《こけ》のむすまで』『闘いかたの流儀　野坂昭如政治白書』『ニホンを挑発する』『絶望的楽観主義ニッポン　戦争を知らない大人たちへ』『忘れてはイケナイ物語り』など、枚挙にいとまがない。本書第Ⅱ部に収められたエッセイも、「プレイボーイの子守唄」を除いて、すべて直木賞受賞後のものである。開戦、空襲、終戦、焼跡闇市、戦後の実態、戦争体験の継承など、自己の体験を踏まえて、その時々に繰り返し書いてきた。悲惨な描写もある。あっけらかんとした感想もある。それが戦争というものの現実か。戦後二十八年の夏にも、戦後七十年を迎えた年の初頭にも認《したた》めている。

しかし一方で、野坂は「戦争体験の継承」の困難さにも早い時期から気づいていた。本書に収録されている「人間の知恵と悪知恵」でも述べているが、直木賞受賞作「アメリカひじき」でも既に、主人公の妻の言葉として出てくる。「いやなことは思い出さないのがいちばんよ、毎年、夏になると戦記ものとか、やれ終戦の思い出とかって出るでしょ、いやな気がするわ、そりゃ私だって母におぶわれて防空壕へ入ったこと覚えてるし、スイトン食べた経験もあるわよ、だけどいつまでたっても、昔の戦争ほじくり出して、八月十五日の記憶をあらたになんて、いやね。苦しかったことを自慢してるみたいで」。

オキナワ、ヒロシマ、ナガサキ、フクシマ、コロナ禍、過ぎてしまえば全て忘れてしまいたいのが日本人の心情なのか。直木賞受賞後の夥《おびただ》しい数に上る戦後日本の「繁栄」に対する警鐘の書物は、野坂昭如の「一生懸命」な努力にもかかわらず、報われないのだろうか。

「人間講座」テキスト『「終戦日記」を読む』の四年前に出版された、『後藤田正晴における責任のとりかた』（毎日新聞社）という本がある。野坂昭如にしては異色の本である。この中で野坂は、日本人の特性について触れている。「有益とみなせば、積極的に取り入れ、そのままではない、こちらの流儀に合わせる。宗教、制度、道具すべて御本家からみれば、まったく別物に仕立て上げ、きわめて柔軟、融通無碍《むげ》。つまり基盤は、くらげなす漂える如くグニャグニャ」。

この特性は厄介である。だが、野坂昭如は最後の最後まで、八十五歳の死の当日まで、めげることなく語り続けた。戦争の無意味さ、怖さ、そして、見せかけだけの繁栄に忍び寄る戦争の危険性を。誰も言わないけれど、野坂昭如は敗戦後の日本が生んだ、優れた「思想家」でもあった。その言葉を大切に守りたい。

（むらかみ・げんいち　文芸研究家）

初出・底本一覧

Ⅰ 「終戦日記」を読む

『NHK人間講座「終戦日記」を読む』日本放送出版協会、二〇〇二年八月／『「終戦日記」を読む』日本放送出版協会、二〇〇五年七月

Ⅱ 「終戦」を書く、語る

清沢洌著『暗黒日記』『文藝』第八巻第六号、一九六九年六月／同上

○

負けるとは思わなかった——わが十二月八日 『週刊読売』一九七四年十二月十四日号／同上

ぼくの家族は焼き殺された『週刊読売』一九六八年三月二十九日号／『日本土人の思想』中公文庫、一九七六年十二月（以下＊は同）

空襲は天変地異ではない『週刊読売』一九七五年三月十五日号／『行動と妄想』筑摩書房、一九七五年十一月

六月一日に終わっていれば　『アサヒグラフ』一九七一年八月二十日号／『修羅の思想』中央公論社、一九七三年四月
五十歩の距離　『文學界』一九六八年五月号／＊
焼跡に謳歌したわが青春　『潮』一九六九年十一月号／『欣求穢土』徳間書店、一九七一年十一月
プレイボーイの子守唄　『婦人公論』一九六七年三月号／＊

○

焼跡闇市派の弁――直木賞を受賞して　『毎日新聞』一九六八年一月三十日／＊
再び焼跡闇市派の弁――神戸夏季大学講演から　『神戸新聞』一九六八年八月十三日／＊
人間の知恵と悪知恵　『学習のひろば』一九六九年十二月号／＊
返り見すれば二十八年　『週刊朝日』一九七三年八月二十四日号／『子嚙み孫喰い』筑摩書房、一九七四年八月
すべてうやむやのまま七十年が過ぎた　『サンデー毎日』二〇一五年一月二十五日号／同上

編集付記

一、本書は『「終戦日記」を読む』（日本放送出版協会、二〇〇五年七月刊）を第Ⅰ部に、著者が戦争体験について綴った随筆を独自に選んで第Ⅱ部とし、編集したものである。中公文庫オリジナル。

一、再録にあたり、第Ⅰ部『「終戦日記」を読む』のうち、「『日記』の書き手たち」については、編集部で新たに作成した。

一、底本中、明らかな誤植と思われる箇所は訂正し、表記のゆれは各篇内で統一した。ルビは適宜加除を施した。また、引用文に関しては可能な限り原文と照合した。

一、本文中、今日の人権意識に照らして不適切な語句や表現が見られるが、著者が故人であること、刊行当時の時代背景と作品の文化的価値に鑑みて、原文のままとした。

中公文庫

新編《しんぺん》
「終戦日記《しゅうせんにっき》」を読《よ》む

2020年7月25日　初版発行

著　者　野《の》坂《さか》昭《あき》如《ゆき》

発行者　松田陽三

発行所　中央公論新社
〒100-8152　東京都千代田区大手町1-7-1
電話　販売 03-5299-1730　編集 03-5299-1890
URL http://www.chuko.co.jp/

ＤＴＰ　ハンズ・ミケ
印　刷　三晃印刷
製　本　小泉製本

Published by CHUOKORON-SHINSHA, INC.
Printed in Japan　ISBN978-4-12-206910-7 C1195

中公文庫既刊より

各書目の下段の数字はISBNコードです。978－4－12が省略してあります。

の-3-13
戦争童話集
野坂昭如

戦後を放浪しつづける著者が、戦争の悲惨な極限に生まれえた非現実の愛とその終わりを「八月十五日」に集約して描く、万人のための、鎮魂の童話集。

204165-3

た-7-2
敗戦日記
高見順

〝最後の文士〟として昭和という時代を見つめ続けた著者の戦時中の記録。日記文学の最高峰であり昭和史の一級資料。昭和二十年の元日から大晦日までを収録。

204560-6

と-28-2
夢声戦中日記
徳川夢声

花形弁士から映画俳優に転じ、子役時代の高峰秀子らと共演した名優が、真珠湾攻撃から東京大空襲に到る三年半の日々を克明に綴った記録。〈解説〉濵田研吾

206154-5

と-28-1
夢声戦争日記抄 敗戦の記
徳川夢声

活動写真弁士を皮切りに漫談家、俳優としてテレビ・ラジオで活躍したマルチ人間、徳川夢声が太平洋戦争中に綴った貴重な日録。〈解説〉水木しげる

203921-6

ふ-18-5
流れる星は生きている
藤原てい

昭和二十年八月、ソ連参戦の夜、夫と引き裂かれた妻と愛児三人の壮絶なる脱出行が始まった。敗戦下の苦難に耐えて生き抜いた一人の女性の厳粛な記録。

204063-2

ふ-18-1
旅路
藤原てい

戦後の超ベストセラー『流れる星は生きている』の著者が、三十年の後に、激しい試練に立ち向かって生きた人生を辿る感動の半生記。〈解説〉角田房子

201337-7

な-73-1
麻布《あざぶ》襍記《ざっき》 附・自選荷風百句
永井荷風

東京・麻布の偏奇館で執筆した小説「雨瀟瀟」「雪解」、随筆「花火」「偏奇館漫録」等を収める抒情的散文集。初の文庫化。〈巻末エッセイ〉須賀敦子

206615-1

な-73-2
葛飾土産
永井荷風
石川淳が「戦後はただこの一篇」と評した表題作ほか、短篇・戯曲・随筆を収めた戦後最初の作品集。久保田万太郎の同名戯曲、石川淳「敗荷落日」を併録。
206715-8

マ-15-1
五つの証言
トーマス・マン
渡辺一夫
第二次大戦前夜、戦闘的ユマニスムの必要を説いたマンへの共感から生まれた渡辺による渾身の訳業。寛容論ほか渡辺の代表エッセイを併録。〈解説〉山城むつみ
206445-4

う-9-7
東京焼盡《しょうじん》
内田百閒
空襲に明け暮れる太平洋戦争末期の日々を、文学の目と現実の目をないまぜつつ綴る日録。詩精神あふれる稀有の東京空襲体験記。
204340-4

う-9-12
百鬼園戦後日記Ⅰ
内田百閒
『東京焼盡』の翌日、昭和二十年八月二十二日から二十一年十二月三十一日までを収録。掘立て小屋の暮しを飄然と綴る。〈巻末エッセイ〉谷中安規（全三巻）
206677-9

う-9-13
百鬼園戦後日記Ⅱ
内田百閒
念願の新居完成。焼き出されて以来、三年にわたる小屋暮しは終わる。昭和二十二年一月一日から二十三年五月三十一日までを収録。〈巻末エッセイ〉高原四郎
206691-5

う-9-14
百鬼園戦後日記Ⅲ
内田百閒
自宅へ客を招き九晩かけて還暦を祝う。昭和二十三年六月一日から二十四年十二月三十一日まで。索引付。〈巻末エッセイ〉平山三郎・中村武志〈解説〉佐伯泰英
206704-2

あ-1-1
アーロン収容所
会田雄次
ビルマ英軍収容所に強制労働の日々を送った歴史家の鋭利な観察と筆。西欧観を一変させ、今日の日本人論ブームを誘発させた名著。〈解説〉村上兵衛
200046-9

い-41-3
ある昭和史　自分史の試み
色川大吉
十五年戦争を主軸に、国民体験の重みをふまえつつ昭和という時代を鋭い視角から描き切り、「自分史」のさきがけとなった異色の同時代史。毎日出版文化賞受賞作。
205420-2

各書目の下段の数字はISBNコードです。978－4－12が省略してあります。

い-103-1
ぼくもいくさに征くのだけれど 竹内浩三の詩と死
稲泉　連
映画監督を夢見つつ23歳で戦死した若者が残した詩は、戦後に蘇り、人々の胸を打った。25歳の著者が、戦場で死ぬことの意味を見つめた大宅壮一ノンフィクション賞受賞作。
204886-7

い-13-5
生きている兵隊（伏字復元版）
石川達三
戦時の兵士のすがたと心理を生々しく描き、そのリアリティ故に伏字とされ発表された、戦争文学の傑作。伏字部分に傍線をつけた、完全復刻版。
203457-0

ゆ-2-22
軍旗はためく下に
結城昌治
陸軍刑法の裁きのもと、祖国を遠く離れた戦場に処刑された帝国軍人たちの知られざる真実と非情を追求した力作。直木賞受賞作。〈巻末エッセイ〉川村　湊
204715-0

や-1-2
安岡章太郎 戦争小説集成
安岡章太郎
軍隊生活の滑稽と悲惨を巧みに描いた長篇「遁走」ほか、短篇五編を含む文庫オリジナル作品集。巻末に開高健との対談「戦争文学と暴力をめぐって」を併録。
206596-3

お-2-13
レイテ戦記（一）
大岡昇平
太平洋戦争の天王山・レイテ島での死闘を再現した戦記文学の金字塔。巻末に講演「『レイテ戦記』の意図」を付す。毎日芸術賞受賞。〈解説〉大江健三郎
206576-5

お-2-14
レイテ戦記（二）
大岡昇平
リモン峠で戦った第一師団の歩兵は、日本の歴史自身と戦っていたのである――インタビュー「『レイテ戦記』を語る」を収録。〈解説〉加賀乙彦
206580-2

お-2-15
レイテ戦記（三）
大岡昇平
マッカーサー大将がレイテ戦終結を宣言後も、徹底抗戦を続ける日本軍。大西巨人との対談「戦争・文学・人間」を巻末に新収録。〈解説〉菅野昭正
206595-6

お-2-16
レイテ戦記（四）
大岡昇平
太平洋戦争最悪の戦場を鎮魂の祈りを込め描く著者渾身の巨篇。巻末に「連載後記」、エッセイ「『レイテ戦記』を直す」を新たに付す。〈解説〉加藤陽子
206610-6

お-2-11
ミンドロ島ふたたび
大岡昇平
自らの生と死との彷徨の跡。亡き戦友への追慕と鎮魂の情をこめて、詩情ゆたかに戦場の島を描く。『俘虜記』の舞台、ミンドロ、レイテへの旅。〈解説〉湯川豊
206272-6

え-3-2
戦後と私・神話の克服
江藤淳
癒えることのない敗戦による喪失感を綴った表題作ほか「小林秀雄と私」など一連の「私」随想と代表的な文学論を収めるオリジナル作品集。〈解説〉平山周吉
206732-5

い-16-5
城下の人 新編・石光真清の手記㈠ 西南戦争・日清戦争
石光真清
石光真人編
明治元年に生まれ、日清・日露戦争に従軍し、満州やシベリアで諜報活動に従事した陸軍将校の手記四部作。新発見史料と共に新たな装いで復活。
206481-2

い-16-6
曠野の花 新編・石光真清の手記㈡ 義和団事件
石光真清
石光真人編
明治三十二年、ロシアの進出著しい満洲に、諜報活動に従事すべく入った石光陸軍大尉。そこで出会った中国人馬賊やその日本人妻との交流を綴る。
206500-0

い-16-7
望郷の歌 新編・石光真清の手記㈢ 日露戦争
石光真清
石光真人編
日露開戦。石光陸軍少佐は第二軍司令部付副官として出征。終戦後も大陸への夢醒めず、幾度かの事業失敗を経てついに海賊稼業へ。そして明治の終焉。
206527-7

い-16-8
誰のために 新編・石光真清の手記㈣ ロシア革命
石光真清
石光真人編
引退していた石光元陸軍少佐は「大地の夢」さめがたく再び大陸に赴く。そしてロシア革命が勃発した。近代日本を裏側から支えた一軍人の手記、完結。
206542-0

お-19-2
岡田啓介回顧録
岡田啓介
岡田貞寛編
日清・日露戦争に従軍し、条約派として軍縮を推進、二・二六事件で襲撃され、戦争末期に和平工作に従事した海軍高官が語る大日本帝国の興亡。〈解説〉戸高一成
206074-6

と-32-1
最後の帝国海軍 軍令部総長の証言
豊田副武《そえむ》
山本五十六戦死後に連合艦隊司令長官をつとめ、最後の軍令部総長として沖縄作戦を命令した海軍大将が残した手記、67年ぶりの復刊。〈解説〉戸高一成
206436-2

各書目の下段の数字はISBNコードです。978－4－12が省略してあります。

と-35-1
開戦と終戦 帝国海軍作戦部長の手記
富岡定俊
作戦課長として対米開戦に立ち会い、作戦部長として戦艦大和水上特攻に関わった軍人が、日本海軍の作戦立案や組織の有り様を語る。〈解説〉戸高一成
206613-7

や-59-1
沖縄決戦 高級参謀の手記
八原博通
戦没者は軍人・民間人合わせて約20万人。壮絶な沖縄戦の全貌を、第三十二軍司令部唯一の生き残りである著者が余さず綴った渾身の記録。〈解説〉戸部良一
206118-7

き-45-1
側近日誌 侍従次長が見た終戦直後の天皇
木下道雄
高橋紘 編
敗戦という未曽有の非常事態に直面し、日本人の行く末と皇室生き残りを念じて、自ら行動した昭和天皇の「肉声」を綴った侍従次長の貴重な記録。
206368-6

さ-4-2
回顧七十年
斎藤隆夫
陸軍を中心とする革新派が台頭する昭和十年代、「粛軍演説」「現状維持」等で「現状維持」を訴え、除名されても信念を曲げなかった議会政治家の自伝。〈解説〉伊藤隆
206013-5

し-5-2
外交五十年
幣原喜重郎
戦前、「幣原外交」とよばれる国際協調政策を推進した外交官であり、戦後、新憲法に軍備放棄を盛り込むことを進言した総理が綴る外交秘史。〈解説〉筒井清忠
206109-5

し-45-1
外交回想録
重光葵
駐ソ・駐英大使等として第二次大戦への日本参戦を阻止するべく心血を注ぐが果たせず。日米開戦直前まで約三十年の貴重な日本外交の記録。〈解説〉筒井清忠
205515-5

し-45-2
昭和の動乱（上）
重光葵
重光葵元外相が巣鴨獄中で書いた、貴重な昭和の外交記録である。上巻は満州事変から宇垣内閣が流産するまでの経緯を世界的視野に立って描く。
203918-6

し-45-3
昭和の動乱（下）
重光葵
重光葵元外相は巣鴨に於いて新たに取材をし、この記録を書いた。下巻は終戦工作からポツダム宣言受諾、降伏文書調印に至るまでを描く。〈解説〉牛村圭
203919-3

よ-24-7
日本を決定した百年 附・思出す侭
吉田 茂
偉大なるわがままと楽天性に満ちた元首相の個性が描き出した近代史。世界各国に反響をまき起した名篇が文庫にて甦る。単行本初収録の回想記を付す。
203554-6

い-61-2
最終戦争論
石原 莞爾
戦争術発達の極点に絶対平和が到来する。戦史研究と日蓮信仰を背景にした石原莞爾の特異な予見は、日本を満州事変へと駆り立てた。〈解説〉松本健一
203898-1

い-61-3
戦争史大観
石原 莞爾
使命感過多なナショナリストの魂と冷徹なリアリストの眼をもつ石原莞爾。真骨頂を示す軍事学論・戦争史観・思索史的自叙伝を収録。〈解説〉佐高 信
204013-7

さ-27-3
妻たちの二・二六事件 新装版
澤地 久枝
〝至誠〟に殉じた二・二六事件の若き将校たち。彼らへの愛を秘めて激動の昭和を生きた妻たちの三十五年をたどる、感動のドキュメント。〈解説〉中田整一
206499-7

す-26-1
私の昭和史(上) 二・二六事件異聞
末松 太平
陸軍「青年将校グループ」の中心人物であった著者が、実体験のみを客観的に綴った貴重な記録。上巻は大岸頼好との出会いから相沢事件の直前までを収録。
205761-6

す-26-2
私の昭和史(下) 二・二六事件異聞
末松 太平
二・二六事件の、結果だけでなく全過程を把握する手だてとなる昭和史第一級資料。下巻は相沢事件前後から裁判の判決、大岸頼好との別れまでを収録。
205762-3

い-123-1
獄中手記
磯部 浅一
「陛下何という御失政でありますか」。貧富の格差に憤り国家改造を目指して蹶起した二・二六事件の主謀者が綴った叫び。未刊行史料収録。〈解説〉筒井清忠
206230-6

い-130-1
幽囚回顧録
今村 均
部下と命運を共にしたいと南方の刑務所に戻った「聖将」が、理不尽な裁判に抵抗しながら、太平洋戦争を顧みる。巻末に伊藤正徳によるエッセイを収録。
206690-8

各書目の下段の数字はISBNコードです。978－4－12が省略してあります。

い-131-1
真珠湾までの経緯　海軍軍務局大佐が語る開戦の真相
石川信吾
太平洋戦争へのシナリオを描いたとされる海軍軍人が語る日米開戦秘話。日独伊三国同盟を支持し対米強硬を貫いた背景を検証。初文庫化。〈解説〉戸髙一成
206795-0

ほ-1-1
陸軍省軍務局と日米開戦
保阪正康
選択は一つ——大陸撤兵か対米英戦争か。東条内閣成立から開戦に至る二カ月間を、陸軍の政治的中枢である軍務局首脳の動向を通して克明に追求する。
201625-5

ほ-1-18
昭和史の大河を往く5　最強師団の宿命
保阪正康
屯田兵を母体とし、日露戦争から太平洋戦争まで、常に危険な地域へ派兵されてきた旭川第七師団の歴史を俯瞰し、大本営参謀本部の戦略の欠如を明らかにする。
205994-8

し-10-5
新編　特攻体験と戦後
島尾敏雄
吉田満
戦艦大和からの生還、震洋特攻隊隊長という極限の実体験とそれぞれの思いを二人の作家が語り合う。関連するエッセイを加えた新編増補版。〈解説〉加藤典洋
205984-9

た-73-1
沖縄の島守　内務官僚かく戦えり
田村洋三
四人に一人が死んだ沖縄戦。県民の犠牲を最小限に止めるべく命がけで戦い殉職し、今もなお「島守の神」として尊敬される二人の官僚がいた。〈解説〉湯川豊
204714-3

と-31-1
大本営発表の真相史　元報道部員の証言
冨永謙吾
「虚報」の代名詞として使われ、非難と嘲笑を受け続ける大本営発表。その舞台裏を、当事者だった著者が関係資料を駆使して分析する。〈解説〉辻田真佐憲
206410-2

は-57-3
神やぶれたまはず　昭和二十年八月十五日正午
長谷川三千子
玉音放送を拝したラジオの前の人びとは、一瞬の静寂のうちに、何を聞きとったのだろうか。忘却された奇蹟を掘り起こす精神史の試み。〈解説〉桶谷秀昭
206266-5

に-16-1
國破れてマッカーサー
西鋭夫
永久平和と民主主義なる甘い言葉と引き換えに日本人の「誇り」を扼殺し、憲法第九条の中に埋葬したマ元帥。その占領政策を米側の極秘資料を駆使して解明。
204556-9

マ-13-1
マッカーサー大戦回顧録
マッカーサー
津島一夫訳
日米開戦、屈辱的なフィリピン撤退、反攻、そして日本占領へ。「青い目の将軍」として君臨した一軍人が回想する「日本」と戦った十年間。〈解説〉増田 弘
205977-1

チ-2-1
第二次大戦回顧録 抄
チャーチル
毎日新聞社編訳
ノーベル文学賞に輝くチャーチル畢生の大著のエッセンスをこの一冊に凝縮。連合国最高首脳が自ら綴った、第二次世界大戦の真実。〈解説〉田原総一朗
203864-6

き-13-2
秘録 東京裁判
清瀬一郎
弁護団の中心人物であった著者が、文明の名のもとに行われた戦争裁判の実態を活写する迫真のドキュメント。ポツダム宣言と玉音放送の全文を収録。
204062-5

よ-38-1
検証 戦争責任（上）
読売新聞戦争責任検証委員会
誰が、いつ、どのように誤ったのか。あの戦争を日本人自らの手で検証し、次世代へつなげる試みに記者たちが挑む。上巻では、さまざまな要因をテーマ別に検証する。
205161-4

よ-38-2
検証 戦争責任（下）
読売新聞戦争責任検証委員会
無謀な戦線拡大を続けた日中戦争から、戦後の東京裁判まで、時系列にそって戦争を検証。上巻のテーマ別検証もふまえて最終総括を行う。日本人は何を学んだか。
205177-5

S-24-1
日本の近代1 開国・維新 1853〜1871
松本健一
太平の眠りから目覚めさせられた日本は否応なしに開国、そして近代国家への道を踏み出していく。黒船来航に始まる十五年の動乱、勇気と英知の物語。
205661-9

S-24-2
日本の近代2 明治国家の建設 1871〜1890
坂本多加雄
近代化に踏み出した明治政府を待ち受けていたのは、一揆、士族反乱、そして自由民権運動といった試練であった。廃藩置県から憲法制定までを描く。
205702-0

S-24-3
日本の近代3 明治国家の完成 1890〜1905
御厨 貴
明治憲法制定・帝国議会開設と近代国家へのスタートを切った日本は、内に議会と藩閥の抗争、外には日清・日露の両戦争と、多くの試練にさらされる。
205740-1

各書目の下段の数字はISBNコードです。978－4－12が省略してあります。

S-24-4
日本の近代4
「国際化」の中の帝国日本　1905～1924
有馬　学
「日露戦後」の時代。偉大な明治が去り、関東大震災がおき、帝国日本は模索しながらどこへむかおうとしたのか。大正デモクラシーの出発点をさぐる。
205776-0

S-24-5
日本の近代5
政党から軍部へ　1924～1941
北岡伸一
政治の腐敗、軍部の擡頭。時代は非常時から戦時へと移っていく。しかし、社会が育んだ自由な精神文化は戦後復興の礎となった。昭和戦前史の決定版。
205807-1

S-24-6
日本の近代6
戦争・占領・講和　1941～1955
五百旗頭真
日本はなぜ対米戦争に踏み切り、敗戦をどう受け入れたのか。国内政治の弱さを内包したまま戦後再生し、冷戦下で経済大国となった日本の政治の有様は。
205844-6

S-24-7
日本の近代7
経済成長の果実　1955～1972
猪木武徳
一九五五年、日本は「経済大国」への軌道を走り出す。日本人は何を得、何を失ったのか。高度経済成長期を現在の視点から遠近感をつけて立体的に再構成する。
205886-6

S-24-8
日本の近代8
大国日本の揺らぎ　1972～
渡邉昭夫
沖縄の本土復帰で「戦後」を終わらせた日本だが、石油危機、狂乱物価、日米貿易摩擦など、内外の試練をうけ続ける。経済大国の地位を築いた日本の行方。
205915-3

S-25-1
シリーズ日本の近代　逆説の軍隊
戸部良一
近代国家においてもっとも合理的・機能的な組織であるはずの軍隊が、日本ではなぜ〈反近代の権化〉となったのか。その変容過程を解明する。
205672-5

き-46-1
組織の不条理　日本軍の失敗に学ぶ
菊澤研宗
個人は優秀なのに、組織としてはなぜ不条理な事をやってしまうのか？　日本軍の戦略を新たな経済学理論で分析、現代日本にも見られる病理を追究する。
206391-4

と-18-1
失敗の本質　日本軍の組織論的研究
戸部良一／寺本義也／鎌田伸一／杉之尾孝生／村井友秀／野中郁次郎
大東亜戦争での諸作戦の失敗を、組織としての日本軍の失敗ととらえ直し、これを現代の組織一般にとっての教訓とした戦史の初めての社会科学的分析。
201833-4